**CÍRCULO
DE POEMAS**

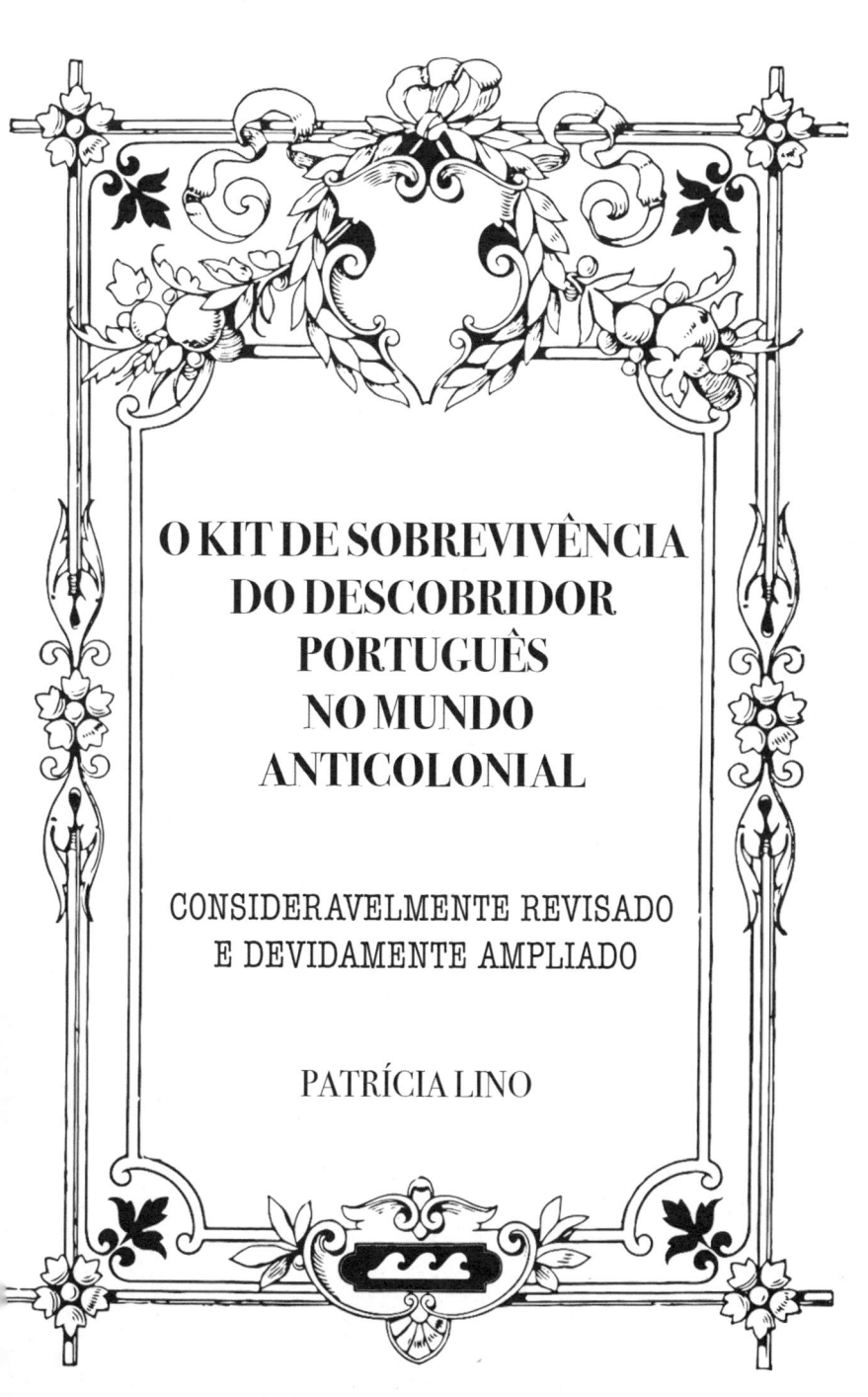

O KIT DE SOBREVIVÊNCIA DO DESCOBRIDOR PORTUGUÊS NO MUNDO ANTICOLONIAL

CONSIDERAVELMENTE REVISADO E DEVIDAMENTE AMPLIADO

PATRÍCIA LINO

DA AUTORA

Apuro. Livro Primeiro (Poemas) — 2016
Mediterrâneo (Poemas) — 2018
Fruição de Liberdade (Poemas) — 2019
Da Poesia (Poemas) — 2020
As Benquerenças do Brasil (Romance) — 2021
Antologia da Poesia Portuguesa (Org.) — 2022
Relógio de Hitler (Romance) — 2022

- 10 Cristovam Paradovo
- 14 DescobriMENTOS
- 18 Portugal dos Leguitos
- 22 Pioneiros
- 26 *Notas sobre a Grandeza de Portugal que Não Fazem Sentido para Mais Ninguém a Não Ser para os Portugueses*
- 34 Estandarte para Cristograma Fundador
- 40 Lápis Azul
- 44 Suco-Tropical
- 48 Ampulheta para Exercício Prestidigitador de Oratória
- 52 *Lusito*
- 58 Salvador, O Barquinho Movido a Balão
- 62 Portugalidade
- 66 Quem Descobriu o Mundo?
- 72 Colónia
- 76 Amnésia Colectiva
- 80 Reparo Náutico
- 84 Pratodáctilo Mike

88 *História das Disfunções Criptozoológicas que Enfrentaram Bravamente os Portugueses em Terras de Velhíssima Cruz*
94 Papamóvel
100 Casinha Portuguesa
104 Três Vidas Primárias
108 Caravelas
112 Moto Vérsico
118 Diploma da Branquitude
122 Museu
126 *Manual da Língua de Camões*
132 Frasquinho de Mar Português
136 Pax Miescere Generis
140 Cavaqueira
146 Porta-Gama
150 Expressão Idiomática Portuguesa
154 Lenços para Lágrimas por Macau
158 Videocassete Fetiche Real
162 Bola Mapa-Múndi
166 *Poemário. Sobre a Alma Peregrina*
174 Canibaloff
180 Beelzebufo
186 Gaita para Ladainha Santa do Nome Santo de Portugal
192 Salazar
196 Cocas Paradoxal
204 *Onze Deuses Olímpicos Reúnem-se para Debater a Mais Recente Acusação do Gigante Atlas*
218 *Caput Portugalliae Ex Machina*
222 Muleta
226 Cacolusofónica
230 Enxovalzinho do Menino Jesus

236 Busto Dói-Dói
240 Teoria da Gravidade
246 Ordem Universitária Internacional da Ensaística Académica sobre Textos Literários
250 Espingarda de Cânone Cerrado
254 Aula de Introdução à Literatura Brasileira sobre a Carta de Pero Vaz de Caminha
258 Coração de D. Pedro I Versão Pelúcia
262 *O Grande Manual das Definições de António Costa*
268 Pulseira Clube do Bolinha
272 Coima Santa Castidade
276 Engenhinha
280 Saudomasoquismo
284 *Outlander*
288 Banquinho Racial
292 Lei do Retorno
296 Iconophilos
300 *Máximas*
304 Sebastiana
308 *Pakhymetro Vatis*
312 Mecanismo Robinson Crusoe
318 Mecanismo Peri
324 Quineto
328 PIDE
332 Consolatio Alborum
336 Santo Projéctil
340 *Hits da Civilização*

346 POSFÁCIO
Anna M. Klobucka

*O meu sentido de humor
é o meu sentido de amor sem ironia.*

                                        Adília Lopes

*Azar mas... Azar mas...
pela pátria lutar.*

                                        Fernando Lemos

*E tudo será novamente nosso,
ainda que cadeias nos pés
e azorrague no dorso...*

                                        Noémia de Sousa

Não exactamente, mas também pelo seu valor literário, este livro, que não respeita o Novo Acordo Ortográfico, deveria, em razão das conclusões que encerra, ser lido, estudado e comentado nos cursos de Literatura de Língua Portuguesa e História de Portugal e suas ex-colónias, deixando, igualmente, claro que poderia mesmo constituir um curso independente, o último ano do ensino secundário ou médio ou o curriculum universitário, pois o seu conteúdo abrange, numa síntese superior, ora as admiráveis facetas do passado marítimo e inaugural da Nação ora os numerosos traços definidores da Raça Portuguesa.

Por importar-se, manifestamente, com a Verdade, o presente volume insurge-se, ao mesmo tempo, contra os caminhos que, por incultura ou dislate, as mais diversas sociedades modernas e recém-chegadas gerações acatam e reconhecem, tragicamente, como únicos e que, pelo mais pulha dos interesses, borram, passo a passo, e sem qualquer pudor, os factos da Memória.

Dum vita est, spes est.

CRISTOVAM PARADOVO

O que é o CRISTOVAM PARADOVO

De nome verdadeiro Salvador Fernandes Zarco, nobre ilegítimo natural da vila alentejana de Cuba,* neto do navegador português João Gonçalves Zarco, o também português Cristóvão Colombo, agente secreto do Rei D. João II, a todos surpreendeu quando, num banquete comemorativo por ocasião da descoberta da América, lhe perguntaram se ele acreditava que, caso o próprio não a tivesse achado, alguém pudesse encontrar tal acúmulo de terra. Ao replicar-lhes, Cristóvão desafiou os presentes a colocar em pé um ovo fresco de galinha para, minutos mais tarde, em face do que ninguém podia resolver, quebrar um pouco a casca de uma das suas pontas e, calmamente, pô-lo direito sobre a mesa. A demonstração irritaria um dos cortesões que abocanhava um enorme pedaço de porco, *Mas qualquer um pode fazê-lo!*, e que, de Cristóvão, levou resposta imediata: *De facto, qualquer um o poderia ter feito, mas ninguém o fez.*

---

* O que explica o nome com que baptizou depois a ilha.

Como usar o CRISTOVAM PARADOVO

Define a excelência da acção a inventividade dos que fazem primeiro e não a esperteza dos que repetem a acção daqueles que a criaram. Nisto os Portugueses, que inventaram a Descoberta em 1415, são exímios. E tão assim o é que ingleses, espanhóis, franceses, holandeses, belgas, dinamarqueses, alemães, italianos e suecos os imitaram.

DescobriMENTOS

O que são os DescobriMENTOS

Uma marca de pastilhas fabricada pela empresa Portuguesa GHGF.*

Cada embalagem contém setenta e uma pastilhas.

Para além do sabor original (*Mentha spicata*), a marca, distribuída pelo continente e ilhas, criou recentemente outros sabores. Entre eles: *Citrus aurantius*, *Malum persicum* ou *Piña*.**

---

* *Grandes Homens, Grandes Feitos.*
** Abacaxi (I'bá-cati, *o fruto cheiroso*), ou *Ananas comosus*, que, com o nome de "*piña*", foi levado do Novo para o Velho Mundo.

Como usar os DescobriMENTOS

1 . Abra a embalagem.

2. Seleccione uma pastilha.

3. Chupe.

PORTUGAL DOS LEGUITOS

O que é o PORTUGAL DOS LEGUITOS

Imita, com legos, a estrutura do mais famoso parque miniatura nacional, idealizado e construído, entre 1938 e 1940, com projecto de Cassiano Branco, durante o Estado Novo; e partilha com quem quiser desfrutá-lo, de modo lúdico e prazenteiro, o património Português, em Portugal e no mundo, bem como certas nuances das Alma Portuguesa que faltam à alma de outros povos.

Como usar o PORTUGAL DOS LEGUITOS

Siga as instruções e termine, exitoso, depois de montar as sete zonas complementares* do parque interactivo, a reconstrução da fantástica odisseia do Portugal dos nossos avós — do Infante de Sagres, dos Gamas, dos Albuquerques, de Camões; dos Descobrimentos; conquistador de reinos, fundador de impérios, pregoeiro e defensor nos outros continentes da civilização latina e da palavra de Cristo; assim como do Portugal dos nossos pais, explorador de sertões, fundador de colónias a repetir-se e a multiplicar-se pelo mundo.

* Países de Língua Oficial Portuguesa; Portugal Insular; Portugal Monumental; Coimbra; Casas Regionais; Casa da Criança; e Parque Infantil.

PIONEIROS

O *que são os* PIONEIROS*

Coleção de pins, prendedores ou alfinetes adornados por vinte e cinco imagens diferentes do nosso Portugal velhinho — tão velhinho —, e apesar dos seus dez séculos de História, tão novo — sempre tão moço.

* A propósito da imagem à direita e do "muito grande piloto da Guiné e que bem tinha descoberto" (Garcia de Resende. 1545): Francisco Pastor, *Retrato Imaginado de Pêro de Alenquer*. 1897.

Como usar os PIONEIROS

Desaperte o PIONEIRO, perfure cuidadosamente o material em questão (peça de vestuário, mochila, saco ou bolsa), e feche-o.

NOTAS SOBRE A GRANDEZA DE PORTUGAL QUE NÃO FAZEM SENTIDO PARA MAIS NINGUÉM A NÃO SER PARA OS PORTUGUESES

NOTAS SOBRE A GRANDEZA DE PORTUGAL QUE NÃO FAZEM SENTIDO PARA MAIS NINGUÉM A NÃO SER PARA OS PORTUGUESES

O que são as NOTAS SOBRE A GRANDEZA DE PORTUGAL QUE NÃO FAZEM SENTIDO PARA MAIS NINGUÉM A NÃO SER PARA OS PORTUGUESES

Inspirado no grande clássico sobre a boa e sã doutrina lusíada de 1912, a *Arte de Ser Português* de Teixeira de Pascoaes, as *NOTAS SOBRE A GRANDEZA DE PORTUGAL QUE NÃO FAZEM SENTIDO PARA MAIS NINGUÉM A NÃO SER PARA OS PORTUGUESES* ou *AS (NOVAS) PROFECIAS DO BANDARRA* são exactamente o que o título promete.

As *NOTAS SOBRE A GRANDEZA DE PORTUGAL QUE NÃO FAZEM SENTIDO PARA MAIS NINGUÉM A NÃO SER PARA OS PORTUGUESES* não são traduzíveis.

Algumas passagens das NOTAS SOBRE A GRANDEZA DE PORTUGAL QUE NÃO FAZEM SENTIDO PARA MAIS NINGUÉM A NÃO SER PARA OS PORTUGUESES

O nosso único período de criação foi dedicado a criar o mundo.

Faz dez séculos que foi aclamado o primeiro Rei de Portugal. O Condado Portucalense, apertado entre os estreitos lindes do Minho e do Mondego, não cabia em tão exíguo espaço. Afonso Henriques e os seus barões, com três retalhos, cortados um à Galiza, outro a Leão, e outro à Espanha meridional, sarracena, cerziram os contornos deste quadrilátero sagrado, que é a Pátria. E a Pátria Portuguesa soube criar tão poderosa individualidade que se impôs na Península como iniciadora de epopeias. Em vez do arrebatamento espanhol, do seu amor sem meiguice, da sua caridade seca e hirta como o planalto de Castela, o Povo Português abriu no seu peito um coração onde palpita o sentimento. E, aquilatando a nobreza da sua alma pelo gosto da aventura, iniciou a poesia épica moderna, alargando a civilização europeia para fora do Mediterrâneo, onde até então se concentrara. E as quilhas de Portugal abriram no Atlântico as grandes estradas do mundo...

É natural que, sob a influência dos séculos e do meio, a Raça Lusa tenha criado e fixado um certo número de qualidades originais que fazem desta uma verdadeira Pátria, no presente, e a distinguem dos outros povos da Ibéria e do resto do globo.

✷

As particularidades da Raça dão origem à Pátria.

✷

Entre as qualidades que modelam a Raça e a Pátria Lusas, estão uma Língua Portuguesa, uma Literatura, uma História (incluindo a religiosa) — uma actividade moral Portuguesa; e, sobretudo, uma Língua e uma História Portuguesa.

✷

O génio inconfundível do Povo Luso, fusão de antigos Povos que habitaram a Península, diz, consequentemente, respeito à faculdade que este, desde Bernardim a António Nobre, tem de criar uma forma verbal, vasta em palavras intraduzíveis, para expressar, com lirismo elegíaco, os seus sentimentos e pensamentos.

✷

O amor saudoso cultua e imaterializa, por meio de uma ausência real ou imaginária, o seu objecto. A Mulher ou a esposa casta que animam o nosso culto à Virgem Maria que, contemplada através de uma lágrima que lhe transmuda o corpo carnal em vulto de lembrança, se humaniza e aproxima de nós.

✷

As Descobertas são uma obra essencialmente Portuguesa.

*Não devemos ao acaso a glória imortal d'*Os Lusíadas *ou a* História de D. Sebastião, *principalmente depois da sua morte; isto é: o Sebastianismo, pois se a nossa grandeza morreu no campo de batalha, foi para ressurgir em matéria de nevoeiro.*

✷

Haverá sempre o reino que não há
E D. Sebastião é quem dentro de nós o vê.

✷

As descobertas são um acto cultural; mais que um acto cultural, são um acto de criação civilizacional. Criámos o mundo moderno; porém a nossa primeira descoberta foi descobrir a ideia de descoberta.

✷

Impõe-se, portanto, o conhecimento da alma pátria, nos seus caracteres essenciais. Por ela, devemos moldar a própria alma, dando-lhe actividade moral e força representativa, o que será de grande alcance para a obra que empreendermos, como patriotas no campo social e político.

✳

É fértil a História de Portugal em nos proporcionar magníficos exemplos de amor pela Pátria. A dificuldade está na escolha, porque se pode ficar com a impressão de que o apontado é o maior.

✳

O bom Português deve cultivar a sua vida de patriota, essa vida que abrange o indivíduo, o pai e o munícipe e os excede, criando um novo ser espiritual mais complexo, caracterizado por uma profunda lembrança étnica e histórica e um profundo desejo concordante, que é a repercussão sublimada no Futuro da voz secular d'aquela herança ou lembrança...

Em suma: o Português, ser individual e humano, deve sacrificar, tal como D. Filipa de Vilhena, que aconselhou e encorajou os filhos a entrarem na Revolução de 1640 e a quem entregou, ela mesma, as armas, a sua vida pela Pátria Portuguesa — ser espiritual e divino.

Como usar as NOTAS SOBRE A GRANDEZA DE PORTUGAL QUE NÃO FAZEM SENTIDO PARA MAIS NINGUÉM A NÃO SER PARA OS PORTUGUESES

1. Partilhe, memorize, debata e releia, em silêncio ou, sorvido algum resquício de irreverência, em voz alta, as *NOTAS SOBRE A GRANDEZA DE PORTUGAL QUE NÃO FAZEM SENTIDO PARA MAIS NINGUÉM A NÃO SER PARA OS PORTUGUESES.*

2. Se lhe restar fôlego, redija, em formas de beleza amanhecente e com a finalidade do alcance patriótico, sobre a cristalina e imensa qualidade literária das *NOTAS SOBRE A GRANDEZA DE PORTUGAL QUE NÃO FAZEM SENTIDO PARA MAIS NINGUÉM A NÃO SER PARA OS PORTUGUESES.*

3. Que não o ofenda — pois a Alma de Saudade e ansioso aspirar indefinido subordinou-nos ao génio —, se o leitor estrangeiro ou estrangeirado não entender, por inépcia ou nescidade, a cristalina e imensa qualidade literária das *NOTAS SOBRE A GRANDEZA DE PORTUGAL QUE NÃO FAZEM SENTIDO PARA MAIS NINGUÉM A NÃO SER PARA OS PORTUGUESES.*

ESTANDARTE PARA CRISTOGRAMA FUNDADOR

O que é o ESTANDARTE PARA CRISTOGRAMA FUNDADOR

Conta Eusébio de Cesareia que no dia 28 de Outubro de 312, um pouco antes da Batalha da Ponte Mílvia, o imperador Constantino Magno viu uma cruz acima do sol. A imagem, desenhada a partir das duas primeiras letras gregas do nome de Cristo, Chi e Rho, foi mais tarde associada ao que Deus terá dito a Constantino Magno, "in hoc signo vinces", do grego ἐν τούτῳ νίκα, que, em Português, significa "com este sinal vencerás". "In hoc signo vinces" serviu de aparato aos escudos dos soldados de Constantino I que, depois de receber este sinal Altíssimo, venceu esmagadoramente o inimigo.

Foi na versão de Cesareia, que inspiraria também a estória do Milagre de Tolbiac, que, entre muitas outras versões de muitos outros homens valorosos, o Poeta Português Luís de Camões se baseou para escrever sobre o conhecido Milagre de Ourique: "Quando na cruz, o filho de Maria/ Amostrando-se a Affonso o animava" (III, 45).

D. Afonso Henriques, quem se ajoelhou ao escutar a voz do Senhor prometendo-lhe a vitória naquela e noutras contendas, decidiu não muito mais tarde, por alturas da independência do Reino de Portugal, que a bandeira Portuguesa seria adornada por cinco escudos ou quinas em cruz, tal como cinco reis vencidos, as cinco chagas de Cristo ou os trinta dinheiros pelos quais Judas Iscariotes vendeu Jesus de Nazaré na Judéia.

A auto-proclamação de Afonso como Rei de Portugal ("real, real,/ Por Affonso, alto Rei de Portugal") anteciparia, de resto, o começo de uma dinâmica auto-proclamativa colonialista de dimensão celestial: "'Aos infiéis, Senhor, aos infiéis,/ E não a mi, que creio o que podeis'".

Como usar o ESTANDARTE PARA CRISTOGRAMA FUNDADOR

A agitação refrescante e historicamente comemorativa do ESTANDARTE PARA CRISTOGRAMA FUNDADOR deverá a todos lembrar do rótulo divino que define e demarca a Terra Portuguesa e aquelas outras terras que, séculos depois, a Nação descobriria para incluí-las na imensidade do grande e belo e bom Império Lusitânico.

LÁPIS AZUL

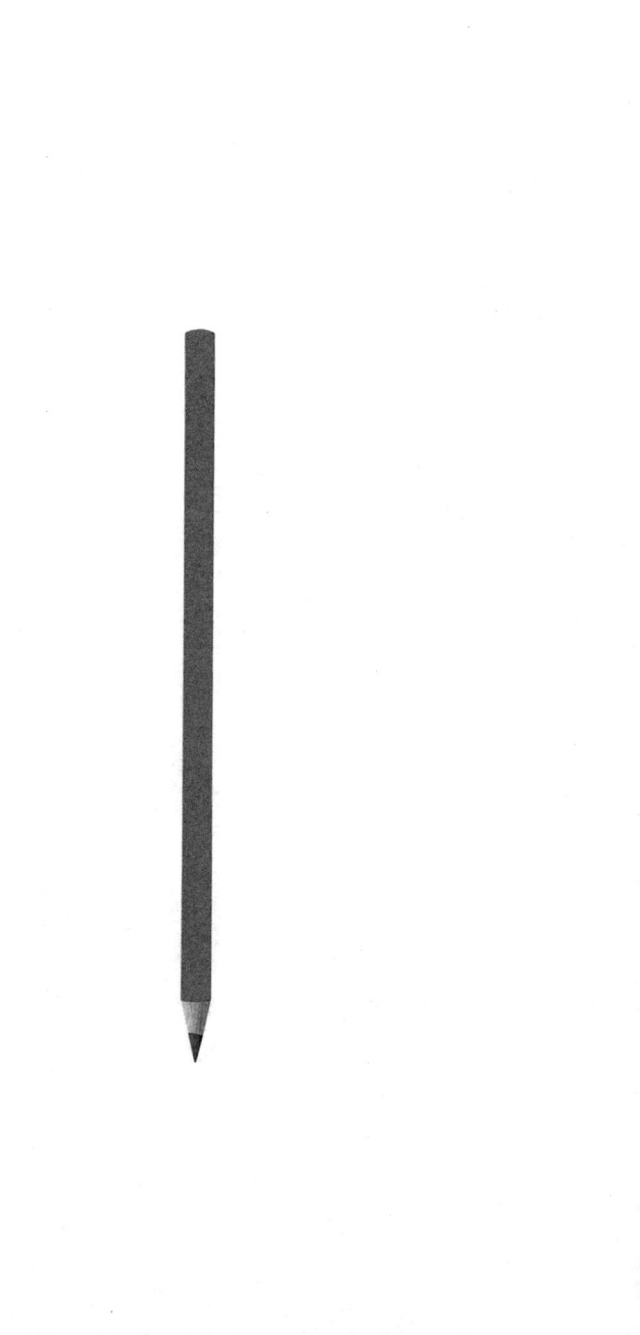

O *que é o* LÁPIS AZUL

Objecto cilíndrico com que se escreve, desenha e, sobretudo, risca a cor azul sobre as mais diversas superfícies em oposição às forças inferiores que assolam a ideia de Pátria ou tão-só o que o Destino legislou.

Como usar o LÁPIS AZUL

Se regular e organizada, a fiscalização conteudística das matérias contribuirá para a segurança do Património Nacional.

SUCO-TROPICAL

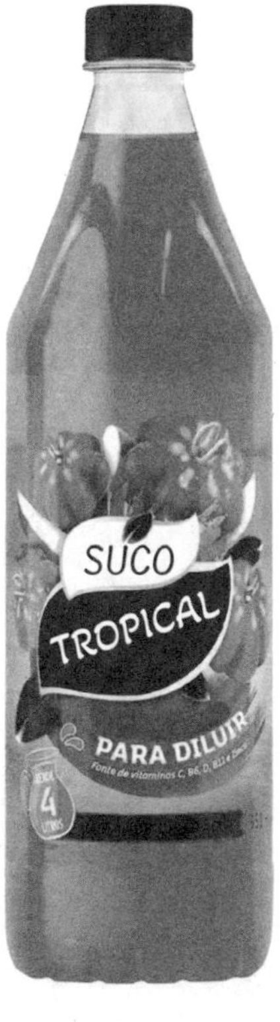
SUCO
TROPICAL
PARA DILUIR
4

O que é o SUCO-TROPICAL

Dissolve-se muito naturalmente, com enorme rapidez e o propósito de generosamente assimilá-los, noutros líquidos menos óbvios ou conhecidos, invulgares, completamente desconhecidos, singulares ou gustativamente bizarros.

Como usar o SUCO-TROPICAL

1. Abra o SUCO-TROPICAL.

2. Dilua o SUCO-TROPICAL noutro(s) líquido(s).

3. Ingira e faça bom proveito desta miscelânea de substâncias.

AMPULHETA PARA EXERCÍCIO PRESTIDIGITADOR DE ORATÓRIA

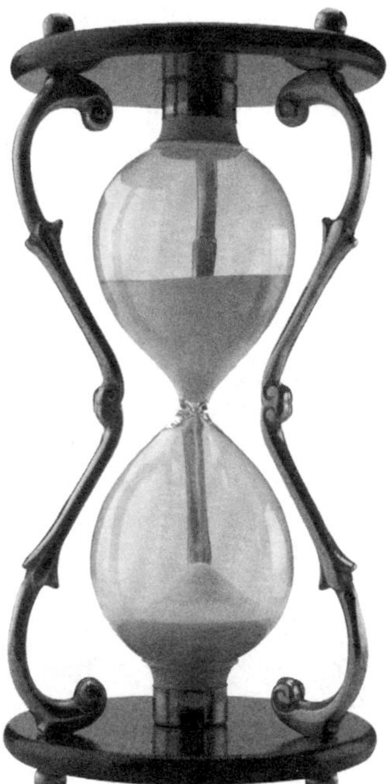

O que é a AMPULHETA PARA EXERCÍCIO PRESTIDIGITADOR DE ORATÓRIA

Cronómetro de trinta minutos para exercícios de escrita e oralização regulares de doctilóquios que se diferenciam por, além de identificar em Deus a vontade unânime do Povo e as estratégias conspiradoras de determinada Elite no Diabo, partirem de uma lógica binária supra-histórica anti-empírica e fazerem corresponder a voz do orador à única autoridade suficientemente capaz, logo sacrificial, que enfrentará messiânica e moralmente, e por força do Destino, a Elite diabólica.

Como usar a AMPULHETA PARA EXERCÍCIO PRESTIDIGITADOR DE ORATÓRIA

Cronometre, virando a AMPULHETA de cabeça para baixo, o uso dos três modos de persuasão — éthos, lógos e páthos —, que deverão ser, para que não se ignore nem exclua uma ou mais dimensões constitutivas da relação retórica, mecânica e igualmente trabalhados. O primeiro, cujas características podemos organizar em sintonia com as categorias da phronesis, areté e eunoia, diz respeito ao carácter distinto, senão mesmo sublime, do orador e à incorporação ética do interlocutor no discurso. O segundo deve destacar-se por trilhas polissêmicas e dedutivas de assumida pujança e eventual sarcasmo que, em circunstâncias específicas (kairós), conduzam o ouvinte, através de imagens dissertativas, bem como de escolhas lexicais, sintácticas ou implicitações, à construção inferencial de outros raciocínios e, idealmente, ao último dos malabarismos. Este, designado de páthos, triunfará, junto da audiência, pelo modo exímio com que o golpe afectivo, seja ele espanto ou raiva, se embrenha na loquacidade para excitar ou acalmar as paixões.

LUSITO

Caderno Escolar
NOME

O que é o LUSITO

O presente caderno escolar confere aos gaiatos, em duas versões distintas, masculina e feminina, um conjunto de passagens, narrativas e pequenos exercícios interactivos[*] que têm como propósito central modelar as almas juvenis para lhes imprimir os traços fisionómicos da Raça Lusíada, que a destacam e lhe dão personalidade própria, existência viva, projectando-se em lembrança no Passado e em esperança no Futuro.

---

[*] Vide, página ao lado, "Pedrinho e o descobrimento do Brasil". Entre outras actividades interpretativas e interactivas do LUSITO constam, por exemplo, a leitura de excertos do Tratado de Tordesilhas ou o exercício de desenhar um "tatu" a partir da descrição de Pero de Magalhães Gândavo no seu *Tratado da Província do Brasil*.

Pedrinho e o Descobrimento do Brasil

*Descubra o que Pedro Álvares Cabral
usou para chegar ao Brasil no dia
22 de Abril de 1500.*

Como usar o LUSITO

Leia expressivamente e acompanhe os lusitos e as lusitas durante os exercícios interactivos do *LUSITO*.

SALVADOR, O BARQUINHO MOVIDO A BALÃO

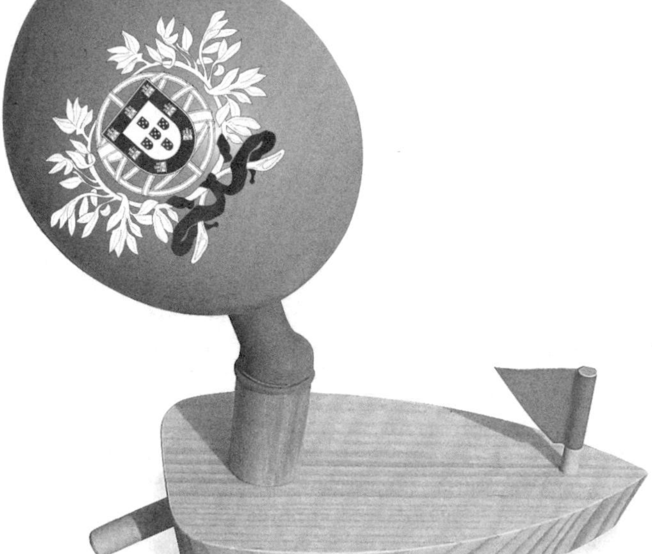

O que é SALVADOR, O BARQUINHO MOVIDO A BALÃO

O brinquedo educativo SALVADOR, O BARQUINHO MOVIDO A BALÃO foi construído, como forma de tributo às Naus *Catrineta** e *Portugal*,** para simular a transferência dos barcos de um lado para o outro do mar.

De madeira, o SALVADOR pode ser usado na piscina, na banheira e no lavatório com o propósito didáctico de exemplificar, na prática, a famosa terceira Lei de Newton.***

---

* Sábias as palavras do etnógrafo e folclorista Luís Chaves: "Embora produto de encontros e de iluminação espiritual de narrativas de diversa origem, não houve nenhuma que sintetizasse os episódios trágicos, estilizasse o maravilhoso cristão na luta moral, apresentasse a salvação e alegria da chegada a terra no período extenso dos Descobrimentos, como foi e continua a ser a Nau *Catrineta*". 1942.

** Trata-se a Nau *Portugal* da reconstituição dum galeão Português que durante os séculos XVII e XVIII fez as grandes carreiras da Índia, cimentando a posse do Império Português pelas relações comerciais e políticas estabelecidas entre Lisboa e as longínquas paragens do Oriente.

*** Libertado o fluxo de ar, o balão empurra o ar para trás e o ar, por sua vez, empurra o balão para a frente. Pelo facto de o balão estar preso ao barco, o barco acompanha o movimento do balão.

Como usar SALVADOR, O BARQUINHO MOVIDO A BALÃO

1. Materiais necessários: um barco, um balão e uma bandeirinha.

2. Coloque a bandeirinha no barco.

3. Coloque o balão nos lábios, inspire e sopre até o balão ficar cheio de ar.

4. Coloque o gargalo do balão no barco.

5. Coloque o barco na água.

6. Acompanhe o percurso de SALVADOR, O BARQUINHO MOVIDO A BALÃO.

7. *Nihil est quod Deus efficere non possit.*

PORTUGALIDADE

Padrão de Diogo Cão no cabo Negro, Angola. 1931.
Exposição Colonial Portuguesa. 1934.

O que é a PORTUGALIDADE

Trata-se o que nos aproxima uns dos outros do que nos distingue dos restantes povos do globo, e, mais do que uma ideia ou forma de estar civilizadora, a PORTUGALIDADE abre-se, fulgurante, como uma promissora constelação de Estados por dizer o Mundo Português respeito a uma aliança acrónica de povos com um Passado conjunto e um Futuro partilhado.

Como usar a PORTUGALIDADE

Casa com a PORTUGALIDADE a necessidade imperativa e justa de reerguer a ancha família das nações de fala lusa que só por trágico acaso se desfez. E por mencionada razão, o esclarecimento tão cuidadoso quanto detalhista da Origem Portuguesa dos fenómenos linguísticos, arquitectónicos, artísticos, gastronómicos, religiosos ou folclóricos que estarão para sempre enraizados nas culturas colonizadas e, consequentemente, na nossa Grande Cultura comum legitima irrevogavelmente a utilidade e múltiplas outras vantagens ocasionadas e depois estabelecidas pelo processo de colonização.*

---

* São, por um lado, disto exemplo os esforços de redacção de "Estatuto Político, Social e Criminal dos Indígenas de Angola e Moçambique" (1926), de "Acto Colonial" (1930), da "Carta Orgânica do Império Colonial Português e Reforma Administrativa Ultramarina" (1933) ou do "Estatuto dos Indígenas Portugueses das Províncias da Guiné, Angola e Moçambique" (1954) e, por outro, as reformas introduzidas por Adriano Moreira como Ministro do Ultramar.

QUEM DESCOBRIU O MUNDO?

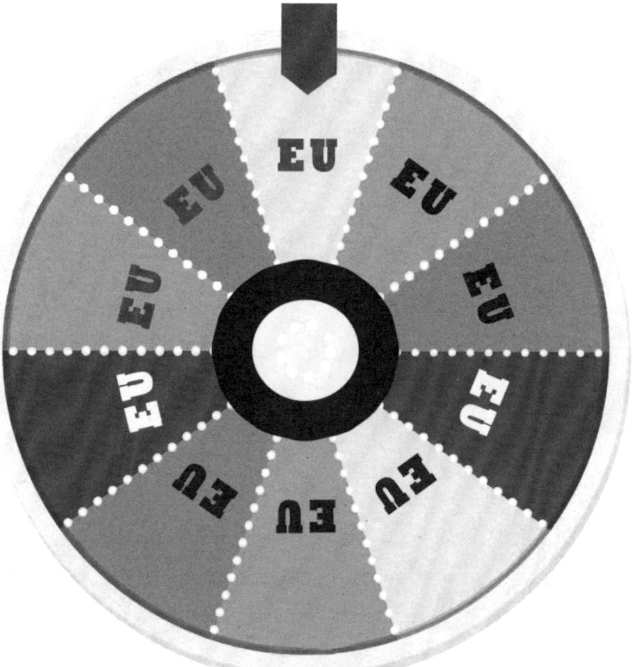
EU
EU
EU
EU
EU
EU
EU
EU
EU
EU

*Eu, da Raça dos Descobridores, desprezo o que
[seja menos que descobrir um Novo Mundo!*

Álvaro de Campos

O que é o QUEM DESCOBRIU O MUNDO*?*

A dinâmica reiterativa do QUEM DESCOBRIU O MUNDO? desperta nos que o jogam a confiança e a firmeza a que, no decorrer dos séculos, a Raça Lusitana foi e ainda é naturalmente associada.

O QUEM DESCOBRIU O MUNDO? poderá ser jogado em três versões (A, B e C) que correspondem, respectivamente, a três rodas da sorte diferentes.

A. Roda da sorte EU (ver imagem), para meninos e homens de todas as idades.

B. Roda da sorte NÓS, para meninos e homens de todas as idades.

C. Roda da sorte ELES, para meninas e mulheres de todas as idades.

Como usar o QUEM DESCOBRIU O MUNDO?

1. O QUEM DESCOBRIU O MUNDO? pode ser jogado individualmente ou em grupo.

2. Antes de fazer girar as conhecidas rodas do EU, NÓS e ELES, cada participante deverá gritar a plenos pulmões:

    QUEM DESCOBRIU O MUNDO?

COLÓNIA

COLÓNIA
TARRAFAL
ANGOLA
BISSAU
MACAU
CABO-VERDE
ACRA
CACHEU
MOÇAMBIQUE
TÂNGER
CEUTA
GUINÉ PORTUGUESA
TIMOR PORTUGUÊS
SAFIM
ZANZIBAR
SÃO TOMÉ E PRÍNCIPE
MALACA
MOMBAÇA
PALIACATE
GUIANA
BOMBAIM
AZAMOR
AGUZ
MACASSAR
ORMUZ
QUEIXOME
TERNATE
SOCOTORÁ
MAZAGÃO

O *que é a* COLÓNIA

O objectivo da COLÓNIA, versão colonial Portuguesa do Monopólio e empenhada homenagem ao mito nacional do Quinto Império, consiste em reconstruir, honrando as especificidades do Tratado de Tordesilhas e dos mais tardios Tratados de Madrid e Saragoça,* o Império geográfico, religioso e espiritual Português.

Ao contrário do Monopólio, não há perdedores — a COLÓNIA é um jogo de vencedores.

---

* Esta última disputa entre Portugal e Espanha, que se resolveu com a formulação do Tratado de Saragoça, disse essencialmente respeito à primeira de todas as circum-navegações, liderada pelo Português Fernão de Magalhães, que, em 1520, descobriu as ilhas Molucas ou "o berço de todas as especiarias".

Como jogar a COLÓNIA

1. Estabeleça a ordem das jogadas dos participantes com base no sentido dos ponteiros do relógio.

2. A COLÓNIA não inclui dados. Cada participante decide quantos territórios pretende avançar.

3. Depois de avançar x territórios e parar num território à sua escolha, o jogador deve gritar bem alto:

    É MEU!

4. O jogo termina quando todos os territórios estiverem sob o domínio dos participantes.

AMNÉSIA COLECTIVA

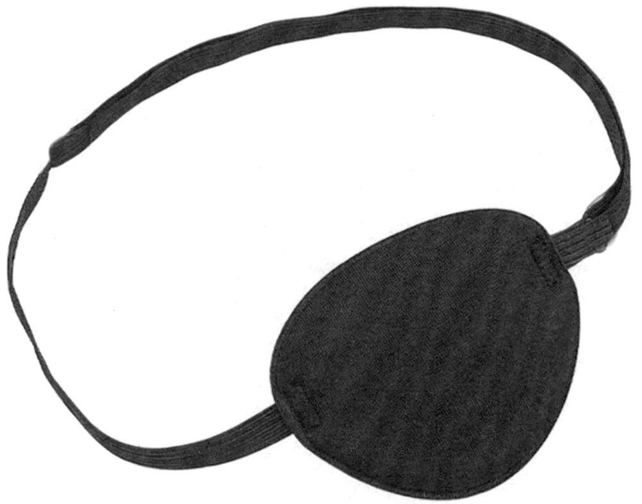

O que é a AMNÉSIA COLECTIVA

Trata-se a AMNÉSIA COLECTIVA de um sistema visual e imaginário que, com base nos conhecimentos humanos e na História, promove uma visão total e harmónica do Universo e do muito sui generis Progresso Lusitânico ao manifestar-se fundamentalmente em termos gerais e complexos (a criação, por exemplo, de um Pensamento Português e suas ideias de Vida e Mundo) ou em termos particulares e detalhistas (o modo como se olha, citando caso análogo, para as idiossincrasias do meio físico ou paisagem).

Está, por exemplo, na base conceptualmente homogénea de parte considerável das matérias históricas e das interpretações literárias formadoras do sistema educativo Português[*] ou, em particular, dos modos constitutivos de narrar e celebrar unilinearmente o 25 de Abril de 1974.

---

[*] Descobrimentos e formação do Império Português, União Ibérica, Restauração e invasões, Monarquia constitucional, Guerra Civil Portuguesa, Liberalismo, República, Ditadura, Guerra do Ultramar, Democracia, etc.; *Os Lusíadas, Os Sermões, A Morte de D. João, Mensagem, O Sol dos Trópicos*, etc.

Como usar a AMNÉSIA COLECTIVA

A repetição sentimental e patriótica de um conjunto discursivo que se organiza artificialmente a partir de uma ou mais características comuns validá-lo-á como único e verdadeiro.

REPARO NÁUTICO

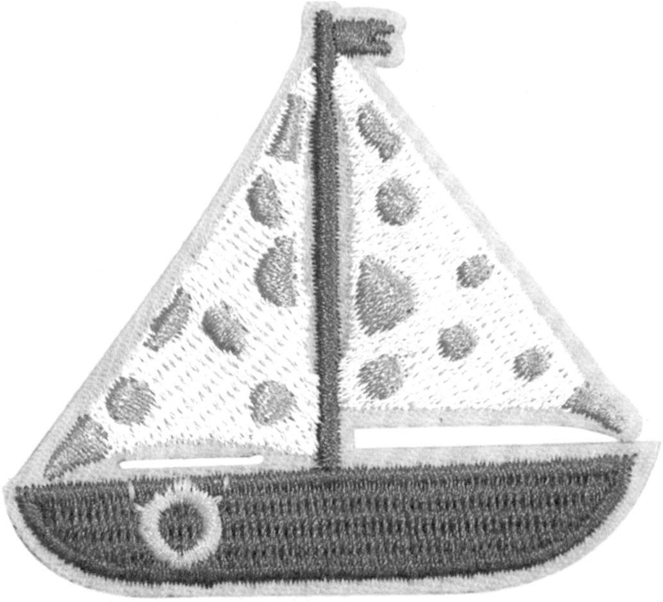

O *que é o* REPARO NÁUTICO

Remendo. Gambiarra. Retalho. Fabricado especialmente para meninos e homens, cujas funções laborais externas danificam invariavelmente o vestuário, o REPARO NÁUTICO foi criado com o propósito único de tapar elegantemente buracos.

Como usar o REPARO NÁUTICO

A esposa, a mãe ou a irmã deverão aplicá-lo com o ferro de engomar sobre o(s) rasgo(s).

PRATODÁCTILO MIKE

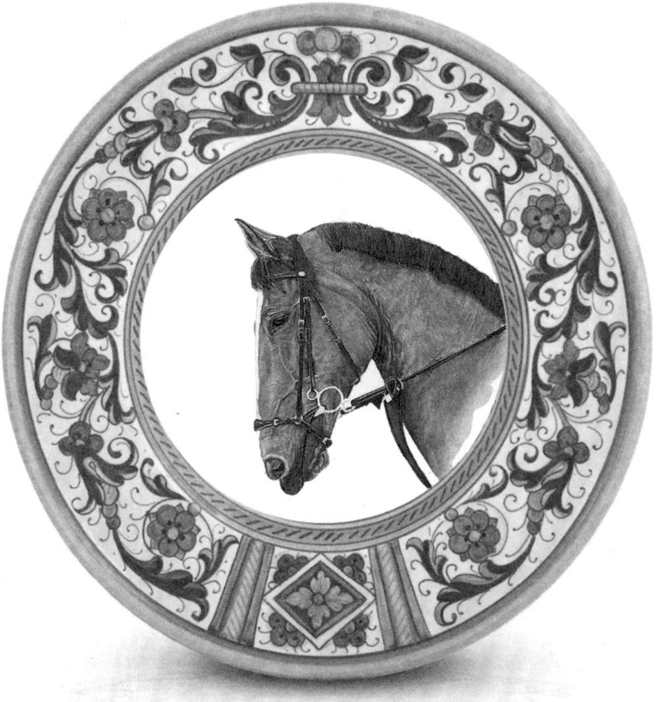

O que é o *PRATODÁCTILO MIKE*

Prato decorativo equestre inspirado no *Quadro Mouzinho** com retrato de Mike, cavalo de Joaquim Augusto Mouzinho de Albuquerque, herói da Missão Civilizadora e símbolo máximo da resistência Portuguesa ao expansionismo europeu em África, que, como Governador Militar do Distrito de Gaza, fez o impossível aprisionando, em Chaimite, no dia 6 de Janeiro de 1896, Mudungazi, cognominado, ao subir ao trono dois anos antes, Gungunhana ou *Leão de Gaza*.**

---

* Sempre que uma força de Cavalaria Portuguesa é destacada em missão no estrangeiro, oferecem ao seu comandante, no contexto de uma cuidadosamente organizada cerimónia solene, o *Quadro Mouzinho*.

** O último monarca da dinastia Jamine foi, por ordem de Mouzinho de Albuquerque e da Administração Colonial Portuguesa, condenado depois ao exílio nos Açores.

Como usar o PRATODÁCTILO MIKE

A valorização dos que, como Mouzinho de Albuquerque, impuseram nas colónias o domínio Imperial Português, *ditosa Pátria que tais filhos tem*, deve preceder a valorização dos seus respectivos perissodáctilos, como Mike Puro-Sangue-Lusitano,* sem o qual o 77º Governador-Geral de Moçambique não teria certamente sucedido entre a selvajaria e a desumanidade dos nativos.

---

* O cavalo de sela mais antigo do mundo.

HISTÓRIA DAS DISFUNÇÕES CRIPTOZOOLÓGICAS QUE ENFRENTARAM BRAVAMENTE OS PORTUGUESES EM TERRAS DE VELHÍSSIMA CRUZ

Ilustração da capa:
Johan Nieuhof, *Animais do Brasil*. 1682.

Estes homens marinhos se chamão na lingua Igpupiára; têm-lhe os naturaes tão grande medo que só de cuidarem nelle morrem muitos, e nenhum que o vê escapa; alguns morrerão já, e preguntando-lhes u causa, dizião que tinhão visto este monstro; parecem-se com homens propriamente de bôa estatura, mas têm os olhos muito encovados. As fêmeas parecem mulheres, têm cabellos compridos, e são formosas; achão-se estes monstros nas barras dos rios doces. Em Jagoarigpe sete ou oito léguas da Bahia se têm achado muitos; em o anno de oitenta e dois indo hum índio pescar, foi perseguido de hum, e acolhendo-se em sua jangada o contou ao senhor; o senhor para animar o índio quiz ir ver o monstro, e estando descuidado com huma mão fora da canoa, pegou delle, e o levou sem mais aparecer.

Fernão Cardim, *Tratados da Terra e Gente do Brasil*. 1583-1601.

O que é a HISTÓRIA DAS DISFUNÇÕES CRIPTOZOOLÓGICAS QUE ENFRENTARAM BRAVAMENTE OS PORTUGUESES EM TERRAS DE VELHÍSSIMA CRUZ

Muitos foram os monstros e monstrengos que perturbaram e muitas vezes sabotaram as necessárias campanhas de domesticação levadas a cabo pelos colonos em terras brutas e abarbaradas da Ilha de Vera Cruz. Entre eles, o Caboclo D'Água, de um só olho, preto ou pardo, calvo, com mãos e pés de pato, a Preguiça, de locomoção extremamente vagarosa e boca globular, estreita, sempre a espumar-se, disposta sobre uma cabeça de mais ou menos três dedos de diâmetro, ou o porco de água doce, a que dão o nome de Capivara, com os seus dois dentes vistosos, prontos a devastar grandemente os canaviais de açúcar, e o Camorim, que tem no crânio pedra em vez de miolo, ou a Cobra-de-Veado, da grossura de um tronco de homem, capaz de engolir um corço inteiro, e o Jaguaruçu-caçador-de-antas ou o Jaguaracanguçu-caçador-de-vacas, e deles a mais aterradora criatura, Ipupiara,[*] que ao abraçar-se tão visceralmente a uma pessoa para beijá-la, a faz em pedaços e vai pela costa largando os cadáveres mutilados nos olhos, no nariz ou nas pontas dos dedos, quando, por sorte, não lhes leva uma das mãos ou as genitálias.

---

[*] Do tupi antigo *y*, "água", *pupé*, "dentro" e *ygûara*, "morador".

Como usar a HISTÓRIA DAS DISFUNÇÕES CRIPTOZOOLÓGICAS QUE ENFRENTARAM BRAVAMENTE OS PORTUGUESES EM TERRAS DE VELHÍSSIMA CRUZ

Trazem à luz as descrições e os desenhos destas criaturas horrendas a enorme coragem e excelsa destreza dos Portugueses que, apesar do perigo e da estranheza dos males com que amiúde lutavam, não se acovardavam nem arredavam pé das terras que haviam descoberto, e só eles as podiam haver realmente descoberto, para, sem fim à vista, nada mais fazer que conquistá-las.

PAPAMÓVEL

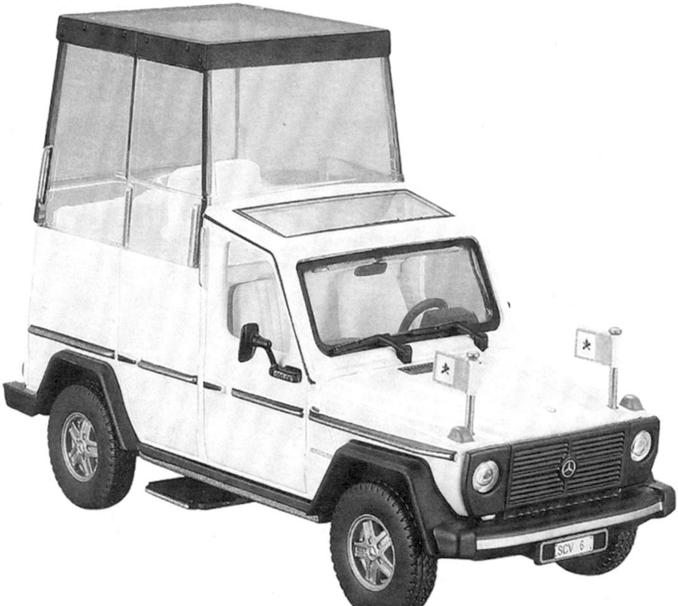
SCV 6

A treze de Maio,
Na Cova da Iria,
Apareceu brilhando,
A Virgem Maria.

Ave, Ave,
Ave Maria,
Ave, Ave,
Ave Maria.

António Botto

O que é o PAPAMÓVEL

Miniatura do veículo especialmente fabricado para a locomoção do Papa durante as suas aparições públicas e, em particular, aquelas que faz em Fátima, mais especificamente na Cova da Iria, e símbolo da fé, como estímulo da expansão Portuguesa, e da unidade solidária da Nação que foi, a 13 de Maio de 1931, graças ao voto transmitido por Lúcia a D. José Alves Correia da Silva, solenemente consagrada ao Sagrado Coração de Maria.

Como usar o PAPAMÓVEL

Reconstrua não só o percurso papal, mas também, e por exemplo, o dos soldados portugueses enviados à Guerra do Ultramar em Campanhas de Pacificação que, antes de embarcarem, passavam pela Cova da Iria para pedir a protecção de Nossa Senhora de Fátima na defesa do Império Ultramarino, e que, ao regressar, mutilados pelo conflito, o mesmo faziam com o propósito de, agradecendo por terem sobrevivido, desfilar em macas ou muletas sob o olhar generosamente atento da Virgem.

CASINHA PORTUGUESA

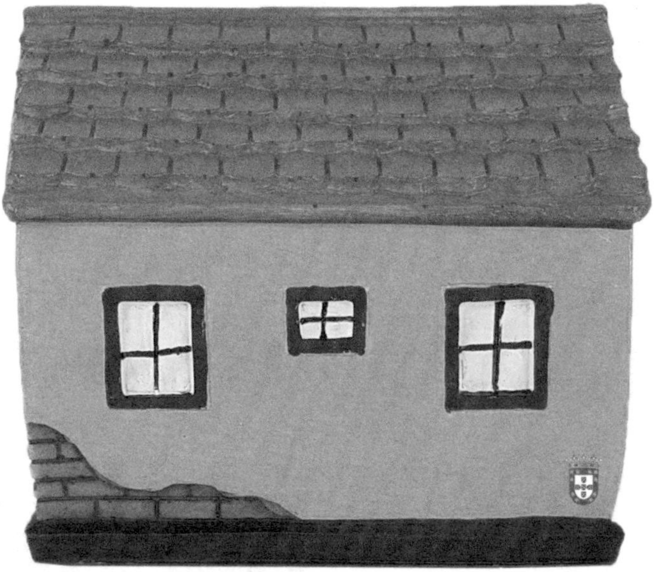

O que é a CASINHA PORTUGUESA

Além de ser uma homenagem às construções arquitetónicas levadas a cabo pelos Portugueses nas ex-colónias, a CASINHA PORTUGUESA representa a Trilogia Doméstica Nacional. Deus, Pátria, Família.

Como usar a CASINHA PORTUGUESA

Adorne a porta do seu frigorífico ou congelador com a CASINHA PORTUGUESA.

TRÊS VIDAS PRIMÁRIAS

O que são as TRÊS VIDAS PRIMÁRIAS

O alinhamento perfeito das TRÊS VIDAS PRIMÁRIAS, descrito por indivíduos de raças diferentes, desde os séculos, como sendo a mais íntima aspiração do homem que, através da sua condição guerreira e terrestre, visiona a paz do Céu, encontrou, no Génio do nosso Povo, a sua aparência impulsiva, vivente e comovida, e fez-se, além do mais, *Sentimento*, que é a transição do abstracto para o concreto sob a forma de *tríade funcional*: o Português, vivendo como Pai e como Patriota, viverá também como Homem. Os três seres espirituais — Família, Pátria, Humanidade —, ou as três pessoas de Deus.

Como usar as TRÊS VIDAS PRIMÁRIAS

Encaminhado pela íntima e obscura aspiração da Alma Pátria e fintando de maneira engenhosa os desafortunadamente necessários tropeços que, às vezes, afligem o Espírito de Aventura Lusitânico, viva conforme os arroubos heterogéneos, porém inequívocos, da Expansão Dominadora para desempenhar exiguamente as devidas funções Paternas, Patrióticas e Humanas.

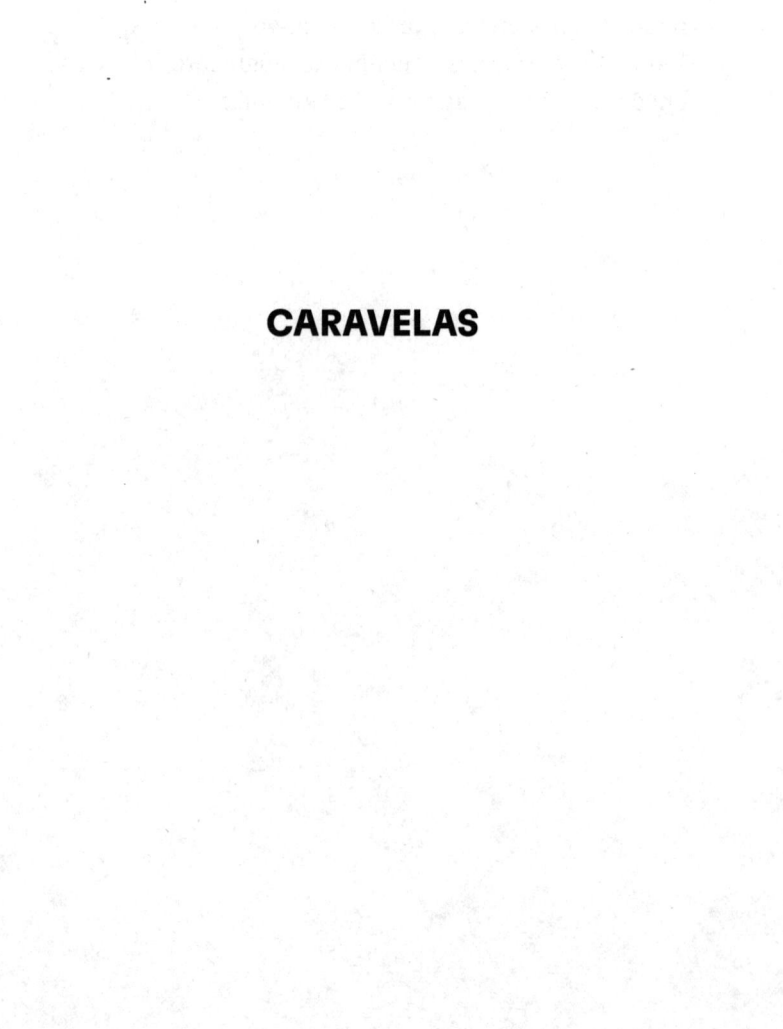

CARAVELAS

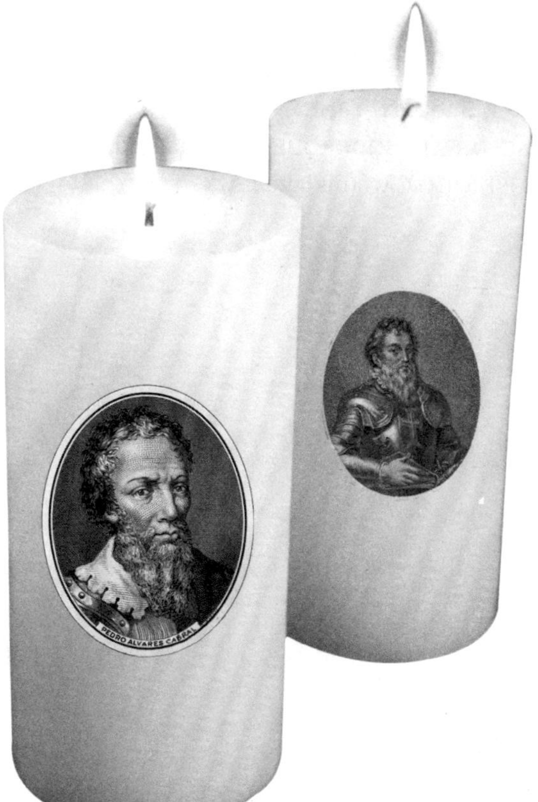
PEDRO ALVARES CABRAL

O que são as CARAVELAS

Velas aromáticas. Cada uma das CARAVELAS foi decorada, em homenagem e carícia de lume aos que levantaram a Nação e vivem na glória da nossa História e gratidão do nosso âmago, com o rosto de cada uma das trinta e duas figuras do Padrão dos Descobrimentos.*

A cada navegador foi associado, por seu turno, um ou mais de um aroma. Por exemplo: PEDRO ÁLVARES CABRAL (tabaco ou abacaxi); INFANTE D. HENRIQUE (melancia); AFONSO DE ALBUQUERQUE (noz-moscada, canela ou pimenta); DIOGO CÃO (malagueta).

---

* Cottinelli Telmo (concepção) e Leopoldo de Almeida (esculturas). Localizado na freguesia de Belém, na Cidade e Distrito de Lisboa.

Como usar as CARAVELAS

Poderão ser colocadas em gaiolas suspensas, lanternas, castiçais, copos, vasos e candelabros ou fazer par com outros objectos decorativos: tecidos, plantas ou frutas.

MOTO VÉRSICO

POMPEIUS
DE GROOTE.

Reinier Vinkeles,
Gnaeus Pompeius Magnus. 1780.

Toda a alma digna de si própria deseja viver a vida em Extremo. Contentar-se com o que lhe dão é próprio dos escravos.

Bernardo Soares,
Livro do Desassossego. II. 1982.

O que é o MOTO VÉRSICO

"Navegar é preciso, viver não é preciso"* foi o que, perante o reboliço aterrador do mar e o consequente pavor dos soldados, Pompeu gritou ao entrar, contra todas as probabilidades, na embarcação *para encher, mais tarde, os mercados de trigo e o mar de outras embarcações; e criar, assim, uma fonte de abundância para todos.***

---

* "Navigare necesse, vivere non est necesse". Plutarco, *Vida de Pompeu.* L.
** Tradução livre de Plutarco.

Como usar o MOTO VÉRSICO

O grito do general responde à interrogação pessoana que de resposta não precisa,* condensa "o misticismo da nossa Raça"** e remata, ao mesmo tempo, a ascendência Romana, logo Imperial, do Povo Português.

> *Dou-vos também aquelle illustre Gama,*
> *Que para si de Eneias toma a fama.*
>
> I, 12

---

* "Grécia, Roma, Cristandade,/ Europa — os quatros se vão/ Para onde vai toda idade./ Quem vai viver a verdade/ Que morreu D. Sebastião?" *Mensagem*. 1934.

** Fernando Pessoa, *Obra poética*. 1965.

DIPLOMA DA BRANQUITUDE

O que é o *DIPLOMA DA BRANQUITUDE*

Congratula e homenageia os que, reconhecendo as múltiplas desvantagens do conhecimento empírico, melhor dominam, classificam e organizam abstracta, sistemática e especulativamente as coisas segundo uma, também por si definida, hierarquia de valor.*

---

* Foram, com efeito, muitos os europeus, entre eles os notáveis Descobridores Portugueses, que recolheram várias amostras de espécimes humanos, zoológicos, minerais e botánicos e as nomearam conforme o sistema taxonómico da biologia moderna. Por exemplo: em 1783, durante uma das suas viagens filosóficas, Alexandre Rodrigues Ferreira enviou de Belém do Pará para o gabinete de curiosidades da Rainha de Portugal, D. Maria I, a cabeça de um índio tapuya. Além disso, por se demonstrar superior às acções, muitas vezes, bárbaras do conhecimento empírico, a arrumação das ideias que caracteriza o conhecimento abstracto exclui e condena as práticas selvagens e extensivamente corporais do Candomblé, Umbanda, Espiritismo, Esoterismo, Islamismo, Judaísmo, Santo Daime, Xamanismo Catimbó, Jurema Sagrada, União do Vegetal, Pajelança ou Neopaganismo. Admitem-se, porém, com base na geografia de quem as faz, certas liberdades místicas. Os ex-votos, a bruxaria, o calendário dos jejuns, o tamanho da chama das velinhas, a Sarronca, os Maruxinhos, amarrar o rabo ao diabo, as facas cruzadas, as Jãs, as Hirãs, as aparições de Fátima, os Insonhos, os Trasgos, a Zorra Berradeira, os Corrilários, benzer o quebranto, os Lobisomens, a lua cheia, os ataques de lua, o Papão, os Labregos, o Bicho do Cidrão, a Maria da Manta, a Maria Gancha, a feitiçaria, os Fradinhos, as mezinhas, a água benta, os Olharapos, os Homens do Saco, o sal, as purgas, os defumadores, as Aventesmas, o primeiro banho do ano, as Moiras Encantadas, os Gambozinos, acender as velinhas em número ímpar, a Coca e o Coco, o mau-olhado e as mais variadas superstições, magias, ritos, rituais, performances e crendices colaborativas entre católicos e pagãos marcam substancialmente a Cultura Popular Portuguesa.

Como usar o DIPLOMA DA BRANQUITUDE

Emoldurar para exibir.

MUSEU

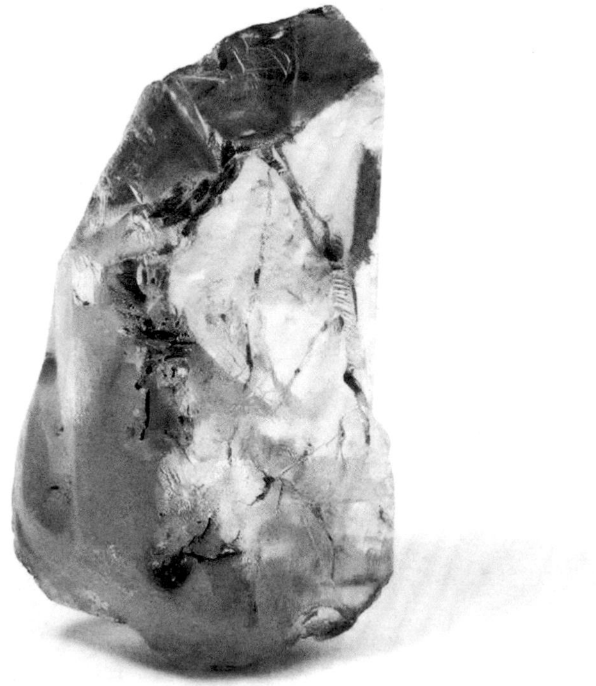

O *que é o* MUSEU

Lá se colocam as relíquias, lembranças e demais objectos que, por força primária, criadora e olimpicamente regulada, trouxeram, instigados pelo seu mais que natural direito, os nossos antepassados para a Nação das terras de terceiro mundo; e que compõem, em abundância, como símbolo da força reconstructiva da Pátria, os raros atributos da Verdade Portuguesa.

Como usar o MUSEU

Deverá visitá-lo, sem prejuízo dos seus deveres, por motivos de cultura e devoção patriótica.

MANUAL DA LÍNGUA DE CAMÕES

MANUAL DA LÍNGUA DE CAMÕES

Tenho percorrido múltiplos caminhos que têm como estrelas polares Camões, a modernidade literária e esse mar sem fim que é a teoria literária.

Vítor Aguiar e Silva

O que é o MANUAL DA LÍNGUA DE CAMÕES

O *MANUAL DA LÍNGUA DE CAMÕES* visa cimentar descritiva, normativa e criticamente o entendimento correcto da Língua Portuguesa contra as pequenas incongruências do dia a dia que, além de se manifestarem em períodos de maior cansaço, dizem também respeito à liberdade e imenso perfil criativo com que as comunidades das ex-colónias encaram e intervêm na transformação deste notável idioma.*

---

* Apesar de os países em questão terem como língua oficial a Portuguesa, o facto é que os membros das comunidades das ex-colónias incorporaram à Língua de Camões algumas diferenças, muitas vezes provenientes dos autóctones ou outros colonizadores, nem sempre vistas com bons olhos pelos Portugueses.

Como usar o MANUAL DA LÍNGUA DE CAMÕES

Pelas suas responsabilidades europeias e mundiais, Portugal, onde desaguaram todas as migrações europeias e a História de séculos de contactos e colonização em mais de dois continentes, deve, em nome do seu memorável passado, admirável futuro e resguardo da tão refinada expressão lusa, esmerar-se na obrigatória disseminação imperial da arte de bem falar e escrever.

FRASQUINHO DE MAR PORTUGUÊS

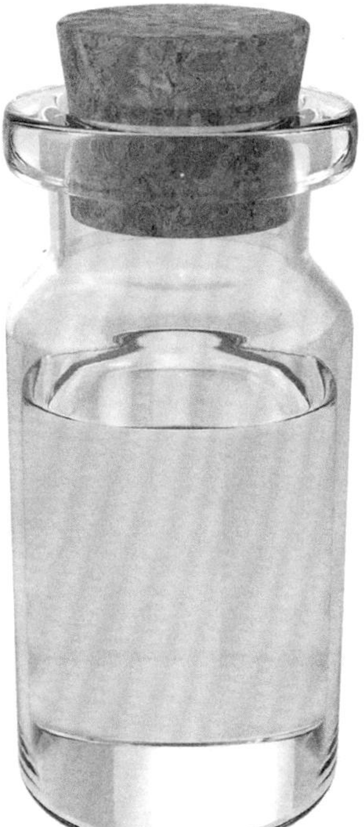

O que é o FRASQUINHO DE MAR PORTUGUÊS

Funciona, em termos leigos, como a pastilha de nicotina.

Como usar o FRASQUINHO DE MAR PORTUGUÊS

1. Abra o FRASQUINHO DE MAR PORTUGUÊS.

2. Inale o cheiro possante e característico do mar.

3. Exale o cheiro possante e característico do mar.

**PAX MIESCERE GENERIS
[A PAZ DA MISCIGENAÇÃO]**

Miguel António do Amaral, *Retrato de D. José I, o Reformador*. 1773.

San Payo, *Retrato de Armindo Rodrigues de Sttau Monteiro*. 1937-1943.

O que é a *PAX MIESCERE GENERIS*

A arte genésica e calculada de, por estímulo de evidentes razões económicas e políticas estaduais — nomeadamente a escassez de capital-homem para o domínio absoluto de espaços consideravelmente maiores do que a Pátria Mãe —, emprenhar pacífica e cordialmente, na África e na América, mulheres não-portuguesas e fazer filhos descoloridos* com o intento de, assim, transmitir ao novo e inédito aglomerado de almas a nossa Palavra de Fé. *Nullus alius populus modo Lusitani scivi quomodo hoc facere.***

---

* Referente à Acção Descoloridora.
** "Nenhum outro povo soube isto fazer como os Portugueses (fizeram)".

Como usar a PAX MIESCERE GENERIS

Devemos aos nossos antepassados, que exerceram consistentemente a PAX MIESCERE GENERIS em terras de terceiro mundo, a premissa doutrinária secular do, nascido dos vigores íntimos Portugueses, Bom Colonizador ou Darwinista Social.*

---

* Vide, sobre este assunto, MECANISMO ROBINSON CRUSOE (p. 312).

CAVAQUEIRA

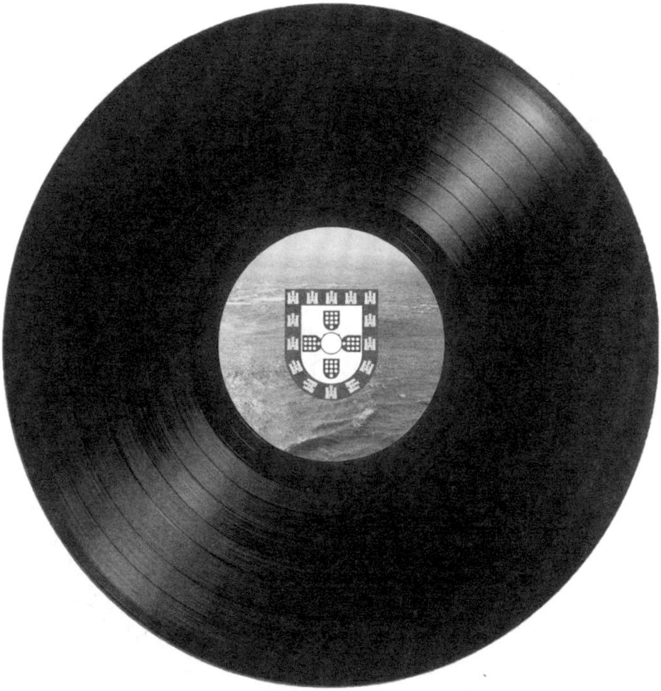

O que é a CAVAQUEIRA

Reúne períodos envolventes e facilmente citáveis do movimento colonial moderno a que alguns Portugueses se referem como *Cavaquismo*.

"Os nossos livros escolares seguem os Descobrimentos portugueses em África até Vasco da Gama e depois transferem a sua atenção, compreensivelmente, penso eu, para Colombo e o continente norte-americano. O resto dos Descobrimentos são largamente ignorados."

✴

"O que há de melhor nos Portugueses é terem mostrado ao Mundo que não há povos melhores do que outros. Partimos da Europa, mas estivemos — e estamos — em todos os lugares do Mundo. Nesses lugares, nunca alimentámos a pretensão de nos afirmarmos como "melhores" ou "superiores" em face daqueles que nos acolhem. Por isso, fomos capazes de criar novos mundos, mais do que os descobrir."

✴

"Em nós, portugueses, o génio da universalidade convive com a virtude da humildade. É frequente glorificarmos o passado, desdenhando o presente. Esquecemo-nos, porém, o que o presente deve ao passado e que o passado, por sua vez, é exactamente isso: um tempo que não regressa.

Mais do que vivermos mergulhados na nostalgia de um passado que nunca existiu, devemos olhar e atuar no presente com sentido de futuro. Assim, conseguiremos tornar-nos melhores como Povo, mantendo-nos iguais àquilo que sempre fomos: Portugueses.

Não somos melhores nem piores, somos Portugueses."

✷

"A nossa presença na União Europeia e a nossa ligação especial ao mundo lusófono reforçam-se uma à outra. Quanto maior for o nosso envolvimento na construção europeia, maior será o nosso interesse em reforçar a ligação com o mundo lusófono. Porque essa relação muito especial faz-nos ganhar espaço de negociação dentro da União Europeia. Nós já somos vistos na União Europeia como o país que não pode deixar de ser ouvido quando estão em causa problemas em África."

✷

"— Acha que as feridas da guerra sararam definitivamente? Guerra onde, aliás, participou...
— Completamente! Outros países que foram potências colonizadoras têm dificuldade em entender isto. Quando explico a Chefes de Estado ou membros de Governo que as nossas relações com Angola, Moçambique, Cabo Verde, São Tomé e Timor-Leste são excelentes e que os traumas do tempo da guerra estão totalmente ultrapassados, eles têm dificuldade em entender. Isto mostra que a nossa colonização foi diferente. Levámos tempo a reconhecer o direito à autodeterminação. Mas o Português sempre teve capacidade de lidar com outros povos e outras culturas. Foi diferente, por exemplo, do que se passou com a colonização inglesa."

Como usar a CAVAQUEIRA

Coloque a CAVAQUEIRA no gira-discos e, sentado ou recostado preferencialmente num sofá ou cadeirão, aprecie e reconheça, ao som da voz do seu autor, o Esforço Instintivo Nacional destas passagens.

PORTA-GAMA

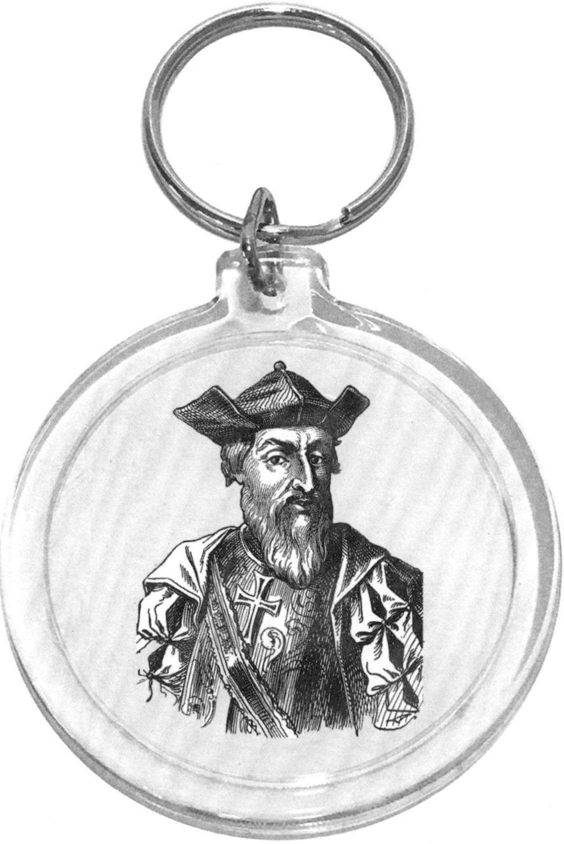

O que é o PORTA-GAMA

Este item essencialmente decorativo faz parte da coleção Porta-Descobridores.*

---

* Que inclui o Porta-Eanes, o Porta-Cabral, o Porta-Cão e o Porta--Mendes Pinto.

Como usar o PORTA-GAMA

Agrupe e insira as suas chaves no PORTA-GAMA.

EXPRESSÃO IDIOMÁTICA PORTUGUESA

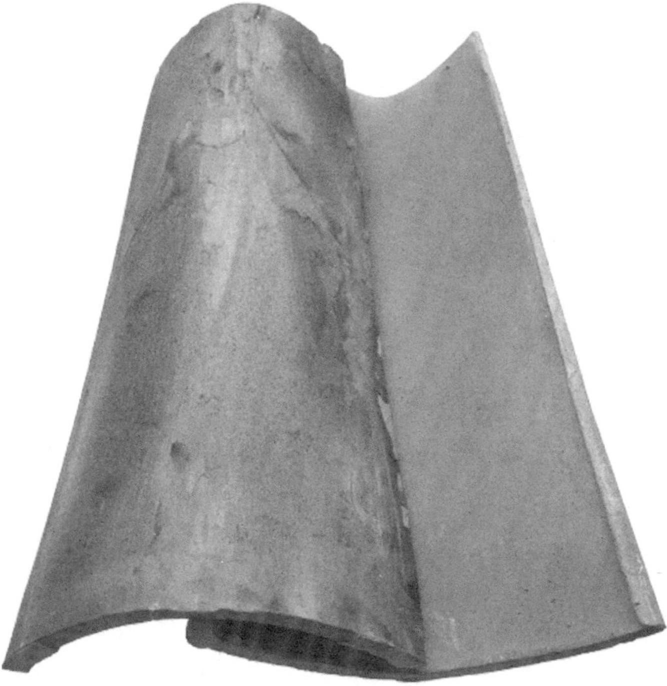

O que é a EXPRESSÃO IDIOMÁTICA PORTUGUESA

"Feito em cima do joelho." Trabalho defeituoso, de pouca qualidade, feito às pressas ou sem brio. Atabalhoadamente. Diz originalmente respeito à telha de canudo* e ao seu formato curvo, moldado em argila a partir da feição das coxas** dos escravos dos romanos e depois dos escravos dos Portugueses que, por terem coxas diferentes, fabricavam desengonçadamente telhas de aspecto e tamanhos distintos.

---

* Conhecida igualmente por "telha mourisca" ou "telha árabe".

** O que esclarece, além do mais, a expressão idiomática brasileira, "feito nas coxas", e a variação portuguesa das duas anteriores — "feito em cima da perna". Parecem-se, além disso, as três com outra usada pelos Portugueses: "feito às três pancadas".

Como usar a EXPRESSÃO IDIOMÁTICA PORTUGUESA

Reside a graça da oração na eficácia com que, em primeiro lugar, delata expressivamente a incompetência de quem faz, bem como a imperfeição do trabalho feito e, em segundo lugar, na precisão com que casa ambos os Impérios, que ora souberam beneficiar-se inteligentemente das dívidas e dos prisioneiros ora se apropriaram, com tenções de cristianizá-la, da armação escravocrata africana.

**LENÇOS PARA LÁGRIMAS
POR MACAU**

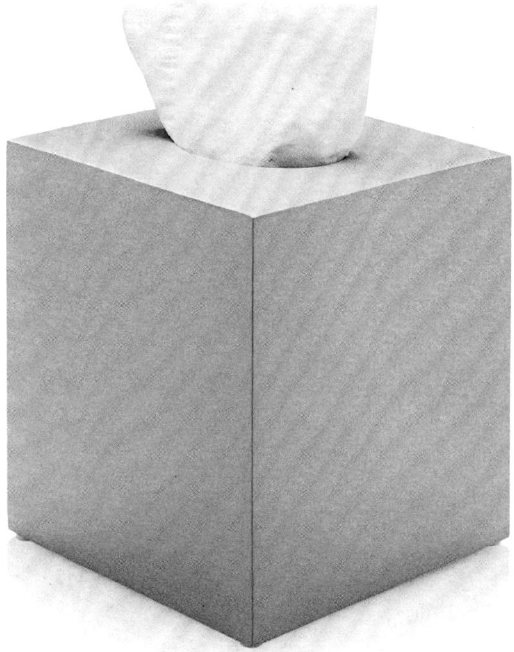

O que são os LENÇOS PARA LÁGRIMAS POR MACAU

Ou LINTEA DIOCESIS MACAONENSIS LACRIMAE. Dão alento aos que eventualmente se lamuriam ou poderão vir a lamuriar ante a perda irreparável da última das colónias portuguesas cuja soberania foi, no dia 19 de Dezembro de 1999, transferida para a República Popular da China.*

---

* A cerimónia, em que vários líderes da Nação participaram, foi documentada pelo canal de televisão público Português RTP1.

Como usar os LENÇOS PARA LÁGRIMAS POR MACAU

A irreversibilidade de tal equívoco deverá fazer-nos reflectir sobre dois pontos absolutamente essenciais: por um lado, a falta de mão governamental que nos conduziu, por besteira e puerilidade, a este e a outros tristes fins e, de modo menos óbvio, o quão é ainda presente, por conta da atracção das suas enormes e inéditas qualidades, a Cultura Lusitânica em terras macaenses.

VIDEOCASSETE FETICHE REAL

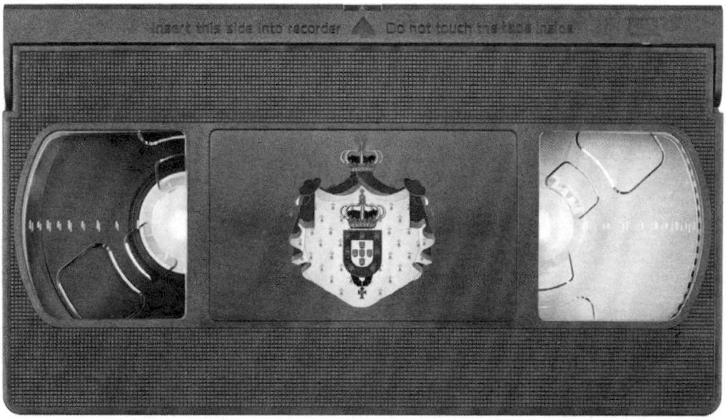
Insert this side into recorder
Do not touch the tape inside

O que é a VIDEOCASSETE FETICHE REAL

Permite a gravação e a visualização de imagens e sons relacionados com a Família Real Portuguesa em fita magnética acondicionada a uma caixa de plástico.

Como usar a VIDEOCASSETE FETICHE REAL

A visualização dos eventos e cerimónias Reais como, por exemplo, a Procissão em Honra de Nossa Senhora da Conceição em Vila Viçosa, o Jantar dos Conjurados, os Prémios Príncipe da Beira, a Missa de Homenagem ao Rei D. Carlos e ao Príncipe Luís Filipe* ou o casamento de algum daqueles que constam na linha de sucessão ao trono da Nação oportunizar-lhe-á, por um lado, momentos de regozijo de duração indefinida e, por outro, a memória do que, tristemente, já não se celebra, mas deveria, por óbvias razões históricas, políticas e estéticas, celebrar-se com pompa, esmero e regularidade.**

---

* Assassinados no dia 1º de Fevereiro de 1908 no Terreiro do Passo em Lisboa. Desde o ano seguinte que se celebra, em sua honra, uma missa na Igreja de São Vicente de Fora. Antes dela, membros da Família Real Portuguesa depositam, habitualmente, uma coroa de flores junto ao local do regicídio.

** Celebrações dos Nascimentos Reais, Coroações e Aclamações, Procissão do Corpo de Deus, Juramento Constitucional do Príncipe Herdeiro, Distribuição dos Prémios Rainha Maria Pia, Baptizados Reais, Abertura das Cortes ou o Beija-Mão.

BOLA MAPA-MÚNDI

SPAIN
MALTA
LIBYA
MAURITANIA
MALI
CHAD
ATLANTIC OCEAN
SIERRA LEONE
LIBERIA
NIGERIA
SUDAN
TANZANIA
MOZAMBIQUE
SWAZILAND

O que é a BOLA MAPA-MÚNDI

Mede sensivelmente cinco centímetros de altura e exibe, a três dimensões, o desenho simplificado do mapa-múndi.

Como usar a BOLA MAPA-MÚNDI

1. Com uma das mãos, abrindo e fechando todos os dedos, aperte e desaperte a BOLA MAPA-MÚNDI.

2. Use um marcador, preferencialmente de cor preta, para circundar o Império Português. Repita:

    > *Portugal é o centro do mundo*
    > *Portugal é o centro do mundo*
    > *Portugal é o centro do mundo*
    > *Portugal é o centro do mundo*
    > *Portugal é o centro do mundo*

3. Poderá também lançar a BOLA MAPA-MÚNDI ao ar ou chutá-la com um dos pés porque, assim como a braveza colonial desabrochou d'uma haste a afundar-se duradoura nas raízes da terra e do sangue, na Essência do País dos três efes* borbulha o talento ínsito para a actuação futebolística.

---

* Futebol, Fado e Fátima.

POEMÁRIO. SOBRE A ALMA PEREGRINA

POEMÁRIO
SOBRE A ALMA PEREGRINA

Somos os religiosos da Hora. Cada verso — uma cruz, cada palavra — uma gota de sangue. Sud-express para o futuro — a nossa alma rápida. Um comboio que passa é um século que avança. Os comboios andam mais depressa do que os homens. Sejamos comboios, portanto!

António Ferro

O que é o POEMÁRIO. SOBRE A ALMA PEREGRINA

Do mesmo modo que, a uma luz cada vez mais viva, a obra camoniana cresce à medida que a Alma Portuguesa se abre e define em alto critério religioso e filosófico, a curadoria rigorosa do *POEMÁRIO. SOBRE A ALMA PEREGRINA* acompanha coerentemente, em versos como os que se seguem, as inéditas e emotivas paisagens de maravilha da Raça Lusa.

Prece

Quantos de Nós morreram neste mar que assusta?
À sombra do perigo, um Destino maior se alevantava:
partir da Terrinha para o mundo a descobrir; justa
a missão de quem, por virtude, há muito antecipava

a sina da Nação! Quiçá venha El-Rei D. Sebastião
devolver-nos ao Passado de quem à frente de outros
sempre vai. Ó Portugal, meu Sonho e Senhor, quão
depressa te esqueceste de que não somos poucos?

De pequeno não tens nada, e o Tempo divino urge.
Volta, que de quem nos conduza há necessidade
na forma do vulto líder que da neblina surge
para, com a candeia, encontrar-nos a felicidade!

Enfrentaremos o que há hoje de mais daninho
na Europa, e de lá iremos para donde viemos.
Íngreme será talvez o penoso e longo caminho
mas Nada, ó Portugal, perto do que fizemos!

Tão longínquos fomos, se te olvida? "Por vitória
não o teria, nem o faria em boa verdade, por meu
soubesse, contudo, todo o mundo cobrar, se não
sentisse que em alguma maneira era serviço de Deus".*

---

* Frase original, cuja ordem se alterou por razões meramente formais, de D. João I.

Ensinamos nossa Língua e Fé na Índia, no Brasil
e em tantos outros lugares. Ó Pai, quantos foram
os que civilizamos? Quantos territórios, ó Alma Gentil,
não começamos para o deleite dos que agora namoram

o alheio, e maldizem o Império? Volta, Príncipe saudoso,
à Nação onde "todos terão um amor, gentios como pagãos
os judeus serão cristãos",* servirão O Todo-Poderoso líder
da Raça para, sob o ceptro da Portugalidade, bradar:

— Já os escuto —

Irmãos! Irmãos! Irmãos!

---

* *Trovas do Sapateiro Gonçalo Annes Bandarra.*

Como usar o POEMÁRIO. SOBRE A ALMA PEREGRINA

O *POEMÁRIO. SOBRE A ALMA PEREGRINA* reúne quarenta e quatro poemas Portugueses que auxiliam a alma popular no seu doloroso e obscuro trabalho revelador, mostrando-lhe o rumo divino que ela deve seguir, acendendo-lhe nos olhos a visão perfeita do Amor e de todos os sentimentos que nimbam de eterna claridade a noite da alma humana que, assim como as plantas, necessita de um Sol remoto e esplendoroso que a floresça.

CANIBALOFF

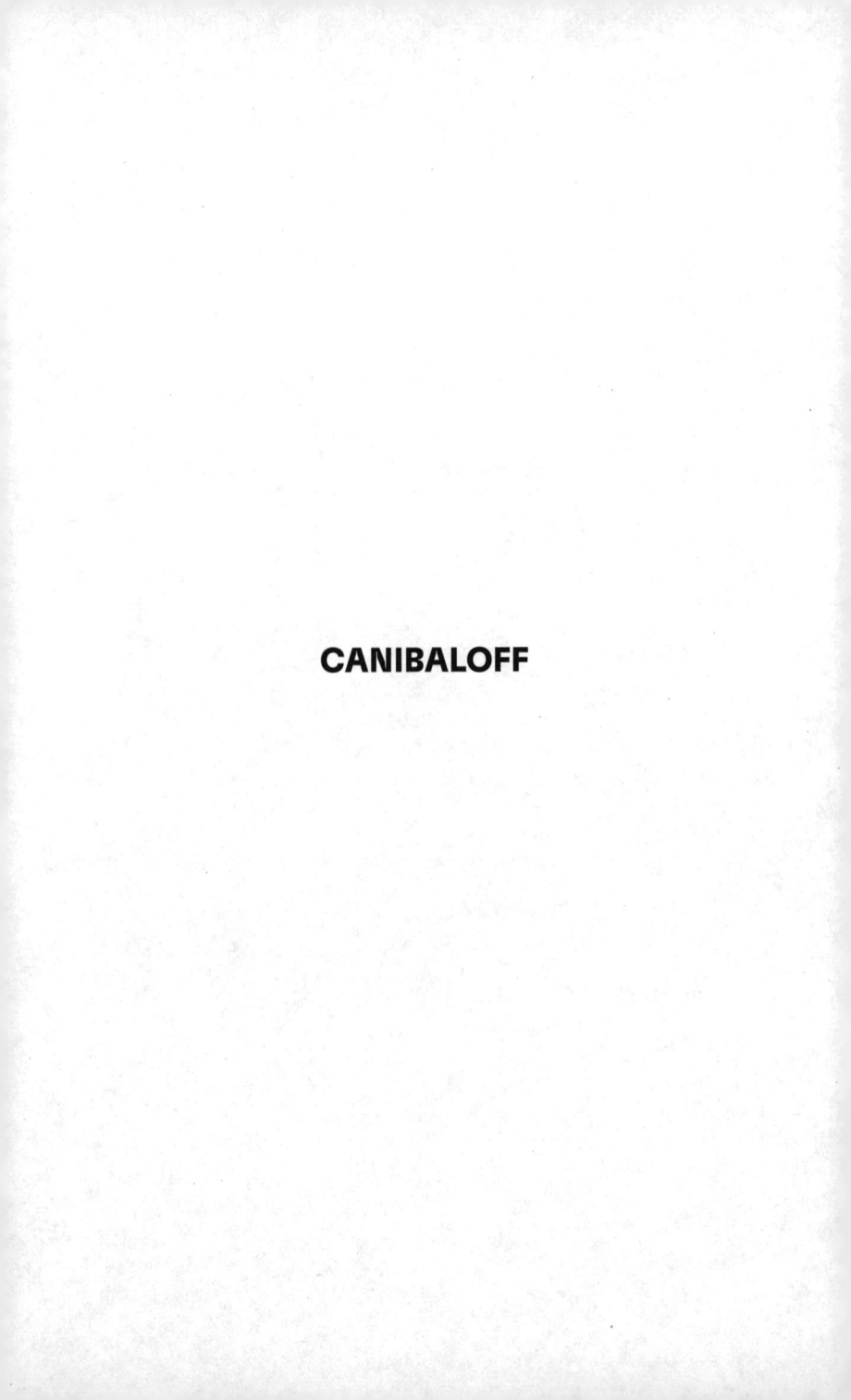

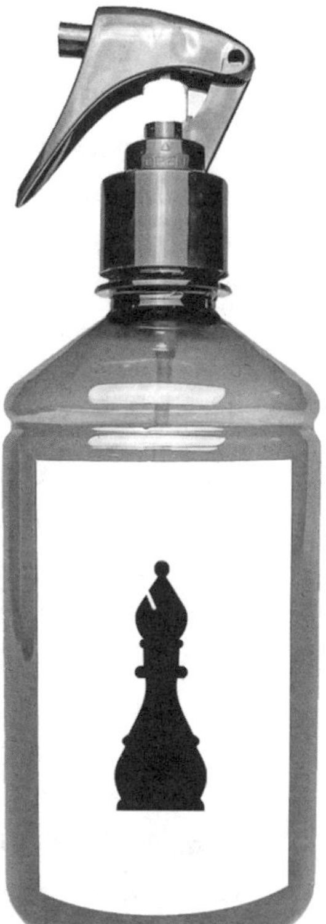

Em huma enseada, junto a este rio, alguns annos depois, succedeo o triste desastre do naufrágio do Bispo D. Pedro Fernandes Sardinha, primeiro do Brasil, que dando n'ella á costa, foi cattivo dos índios Caetés, cruéis, e deshumanos, que conforme o rito de sua gentilidade, sacrificarão á gula, e fizerão pasto de seus ventres, não só aquelle santo varão, mas também a cento e tantas pessoas, gente de conta, a mais d'ella nobre, que lhe fazião companhia voltando ao Reino de Portugal.

Simão de Vasconcellos, *Chronica da Companhia de Jesu do Estado do Brasil e do Que Obraram Seus Filhos n'Esta Parte do Novo Mundo em que se Trata da Entrada da Companhia de Jesu nas Partes do Brasil.* Tomo primeiro (e único). 1865.

O que é o CANIBALOFF

Repelente de canibais ou práticas exocanibalísticas e endocanibalísticas, póstumas ou bélicas sociológicas, que servem, não para matar a fome, mas para que eles se enfureçam uns com os outros e gritem entre si cheios de fúria, *Nde acanga jucá aipotá curi ne!*,* tal qual como as descreveram Heródoto, Simão de Vasconcellos, Anthony Knivet, Hans Staden, Jean de Léry ou Sigmund Freud; e que, por desnecessidade, infortúnio ou deliberada hostilidade, desses que praticam voluntariamente os selvagens, puseram violentamente fim, deles fazendo picadinho e depois refogado até borbulharem, às vidas promissoramente fartas de tantos valorosos guerreiros Portugueses e europeus.

* "Quero ainda hoje moer-te a cabeça".

Como usar o CANIBALOFF

Borrife-o nas mãos e espalhe-o, evitando a região dos olhos e da boca, nas partes visivelmente expostas.

BEELZEBUFO

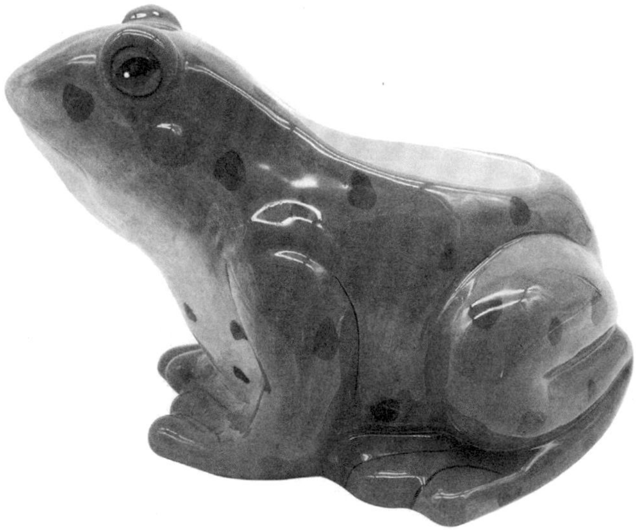

Cigano em Portugal, gitano em Espanha, boémio em França e zíngaro na Itália, o cigano tem conservado, através do tempo e do espaço, os traços étnicos mais característicos de um povo ao qual as emigrações, com o seu ar de uma penitência eterna a remir um pecado imperdoável, em pouco lograram alterar os fundamentos. Do seu país de origem nada explicam e nada sabem; a língua vai-se-lhes alterando mais ou menos profundamente e a ponto de serem já relativamente numerosos os dialectos ou sub-dialectos que eles falam. Mas caldarari na Hungria, ursari os da Bulgária, contratadores de gado os de Portugal, há traços dominantes que distinguem este povo nómada e disperso, notável sequer por semelhante persistência, pelos seus processos industriais quase proto-históricos e pela maneira primitiva das suas relações internacionais.

Rocha Peixoto, *A Terra Portugueza. Chronicas Scientíficas.* 1897.

O que é o BEELZEBUFO

Ou *Diablito*. Reprodução cerâmica do extinto e predominantemente terrestre *Beelzebufo ampinga*, da parentela anfíbia Ceratophryidae, que, entre os sessenta dentes em cada maxila e os quatorze dentes em cada pré-maxila, expunha a língua larga e grudenta com que capturava ferozmente crocodilos e dinossauros não-voadores.

Como usar o BEELZEBUFO

Apesar da descrença dos que deles fazem uso, a apropriação táctica dos símbolos mítico-espírito-religiosos do inimigo poderá trazer, aos que os conhecem mas neles não creem, indiscutíveis ganhos. Entre eles, o horror crescendo nos olhos mendicantes do oponente que, por superstição, se atemoriza e, consequentemente, porque ao atemorizar-se ele também se retira, o benefício do afastamento.

**GAITA PARA LADAINHA SANTA
DO NOME SANTO DE PORTUGAL**

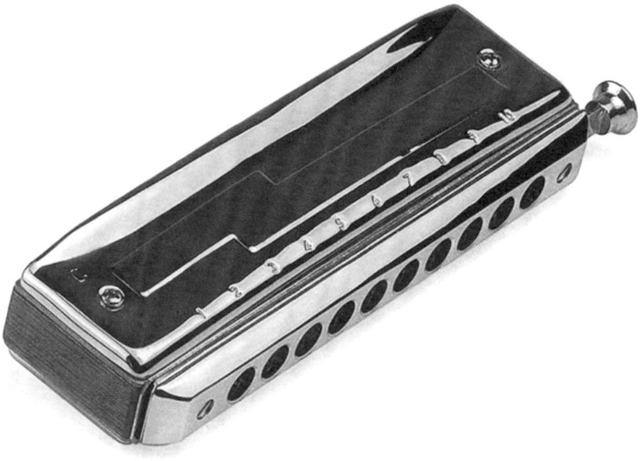

O que é a GAITA PARA LADAINHA SANTA DO NOME SANTO DE PORTUGAL

Ou harmónica de boca. Serve para, entre outras funções, acompanhar a recitação educativa do divertidíssimo exercício de mnemónica, LADAINHA SANTA DO NOME SANTO DE PORTUGAL, composto por um acróstico de oito orações.

Partimos em descoberta do mundo...
-3+4-3<-3-5+5-2+3-3+3-2+3
O País que não é um País pequeno.
+3-3-2+1-2-3-3<+4-3-3+5-1
Raios! O que fizemos não foi assim tão mau!
+4-3-2-5+5+5-3<-3-2+2-2-3-4+5+6
Toda a gente sabe que a espanhola foi muito pior.
+5-6+6-3<-5+5-2+3-3-3+4-3+3+6-1+4+5
Unificados sem fim à vista pela Portugalidade.
+5+6+7+6+5-3<-3<-3+4-3-2+1-2+3-3
Ganhamos o Mar, ganhamos o Salazar!
-3+4-3<-3-5+5-2+3-3+3-2+1-2+5
A promessa retumbante do Império Cristalino!
+3-3-2+1-2-3-3<+4-3-3+5-3+2-2+6+7-1
LALALALALALALALALALALALALA-LÁ
+3+3+3+3+3+3+3+3+3+3+3+3+3+3+3+3+3

Como usar a GAITA PARA LADAINHA SANTA DO NOME SANTO DE PORTUGAL

A frutuosidade do exercício de memorização da LADAINHA ou acróstico de oito orações reside, para lá do domínio cronológico dos temas e da formação e aprofundamento históricos do Escopo Colectivo Nacional, na sua ligeireza eufónica.

SALAZAR

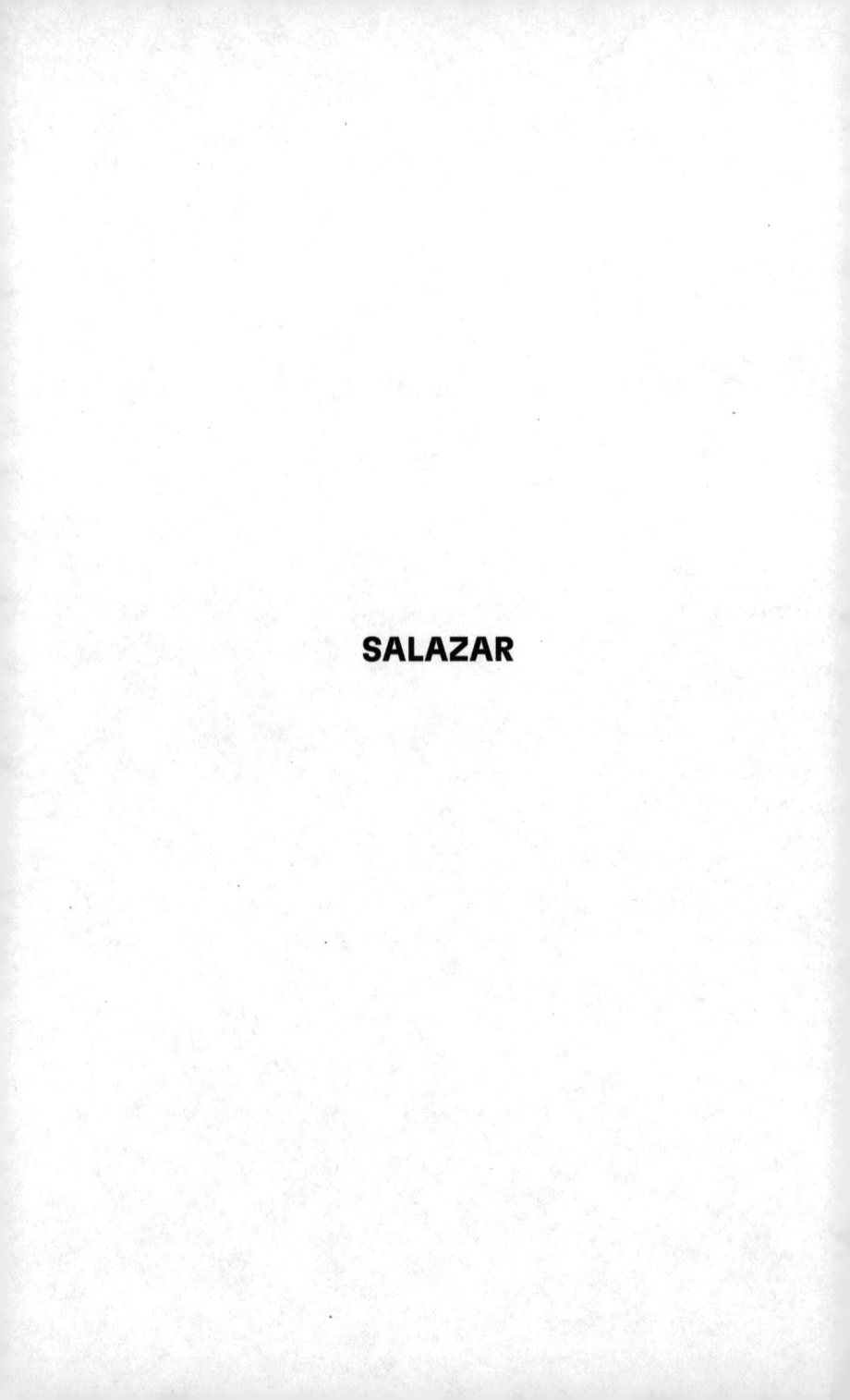

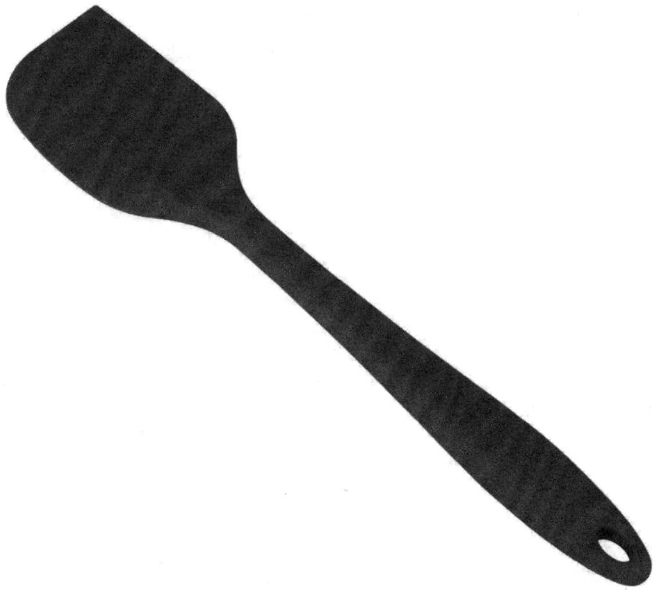

O que é a SALAZAR

Rapa-tachos, rapa-tudo, espátula.

Como usar a SALAZAR

1. Misture.

2. Espalhe.

3. Rape.

COCAS PARADOXAL

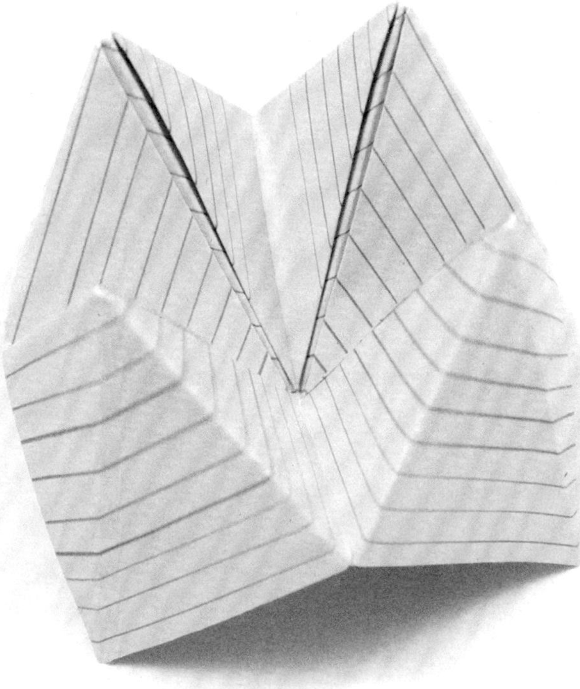

O que é o COCAS PARADOXAL

O COCAS PARADOXAL funciona como o *Cocas* ou *Quantos Queres?* tradicional, em que cada número corresponde a uma pergunta, ideia ou, neste caso, paradoxo que, além de suscitar as mais intrincadas reflexões, distingue-se por ser o concubinato inflexível entre Razão e Espírito.

1. "O primeiro império do mundo, que foi o dos Assírios, e dominou toda a Ásia, também foi o mais oriental. Dali passou aos Persas, mais ocidentais que os Assírios; dali aos Gregos, mais Ocidentais que os Persas; dali aos Romanos, mais ocidentais que os Gregos: e como já tem passado pelos Romanos, e vai levando seu curso para o Ocidente, havendo de ser, como é de fé, o último império, aonde pode ir parar, senão na gente mais ocidental de todas?"

2. "A escassez de mulheres brancas criou zonas de confraternização entre vencedores e vencidos, entre senhores e escravos. Sem deixarem de ser relações — as dos brancos com as mulheres de cor — de "superiores" com "inferiores" e, no maior número de casos, de senhores desabusados e sádicos com escravas passivas, adoçaram-se, entretanto, com a necessidade experimentada por muitos colonos de constituírem família dentro dessas circunstâncias e sobre essa base."

3. "[O Génio Português I]niciando o estudo metódico dos agentes físicos à superfície do Oceano, elegendo o tipo de navio mais adequado às novas explorações — a caravela —, introduzindo definitivamente os processos astronómicos em a navegação, criando enfim o método e o plano dos Descobrimentos, foi um dos profetas da Era Nova, aquela em que o homem tomou pela primeira vez conhecimento consciente do planeta que habita.

Por outro lado, a inaugurar com tamanha segurança e espírito inovador a Colonização Portuguesa no Atlântico, iniciava a formidável expansão dos povos europeus e a sua hegemonia sobre a humanidade dos demais continentes."

4. "Pode aqui e além, por desconhecimento ou deturpação dos factos, erguer-se uma ou outra voz a acusar o nosso regime de ditadura opressiva do Povo Português, desviado pela força da sua normalidade política. Esses estão confundidos; não vivemos em ditadura, mas antes de nós e por dezenas de anos — reconhecemo-lo com tristeza — as ditaduras foram a forma corrente da vida política, e vimo-las alternar-se ou suceder-se quase ininterruptamente, sob formas diversas: a ditadura dos governos — sempre a melhor; a dos partidos — a mais irresponsável; a da rua — a mais turbulenta e trágica. Esses estão confundidos e esquecem que a Constituição foi sancionada por plebiscito popular, nem melhor nem pior que todos os outros, e tem sido revista por uma Câmara eleita por sufrágio directo. Esses esquecem que não temos deportados por delitos políticos, nem exilados forçados da Pátria."

5. "Segundo todas as aparências, o bom êxito [dos Portugueses] resultou justamente de não terem sabido ou podido manter a própria distinção com o mundo que vinham povoar. Sua fraqueza foi sua força."

6. "A manhã de nevoeiro. Por manhã entende-se o princípio de qualquer coisa nova — época, fase, ou coisa semelhante. Por nevoeiro entende-se que o Desejado

virá 'encoberto'; que, chegando, ou chegado, se não perceberá que chegou. A primeira vinda, 1640, mostra isto bem: a data marca o princípio de uma dinastia, e a vinda de D. Sebastião foi 'encoberta', foi através de nevoeiro, pois julgando todos — em virtude de sua simbologia primitiva — que o Encoberto era D. João IV, em verdade o Encoberto era o facto abstracto da Independência, como aqui se viu. Na Segunda Vinda, em 1888, por pouco que possamos compreender, compreendemos contudo que a profecia tradicional se cumpre: sabemos que 1888 é 'manhã', porque é o princípio do Reino do Sol — por onde se notará que melhor não pode haver para que se simbolize por 'manhã'—, e, estando nós já a 37 anos dessa data, sem que ainda possamos compreender o que nela se deu, não pode haver dúvida do carácter encoberto, nevoento, da Vinda Segunda de D. Sebastião."

7. "[V]ejo pessoas envergonharem-se da História nacional, mas do que não conhecem — nunca um tão pequeno povo fez uma obra tão grande pelo entendimento entre todos os povos da Humanidade. Constato, tristemente, que em Portugal está na moda ser anti-patriota. O Português culto deixou de ser patriota e pensa que o patriotismo é uma forma de paisagismo, rusticidade e sentimento rural."

8. "Volta p'ra tua terra."

Como usar o COCAS PARADOXAL

1. Pergunte ao(s) amigo(s):

    — QUANTOS QUERES?

2. Abra e feche o COCAS PARADOXAL de acordo com o número seleccionado e leia, em voz alta, o paradoxo com o intuito de discutir com o(s) amigo(s) o(s) significado(s) da citação.

ONZE DEUSES OLÍMPICOS REÚNEM-SE PARA DEBATER A MAIS RECENTE ACUSAÇÃO DO GIGANTE ATLAS

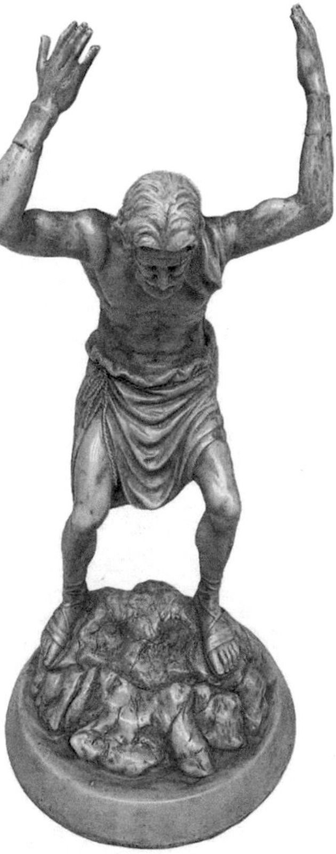

O que é ONZE DEUSES OLÍMPICOS REÚNEM-SE PARA DEBATER A MAIS RECENTE ACUSAÇÃO DO GIGANTE ATLAS

Nesta peça de teatro, onze das doze divindades olímpicas são convocadas por Zeus Todo-Poderoso para tomar conhecimento e discutir colectivamente o inesperado furto que ameaça o destino do gigante Atlas e o poder quase inquestionado dos que, lá do Alto, dominam milenarmente o planeta.

*Excerto d'*ONZE DEUSES OLÍMPICOS REÚNEM-SE PARA DEBATER A MAIS RECENTE ACUSAÇÃO DO GIGANTE ATLAS

PERSONAGENS

Zeus
Atlas
Deméter
Hefesto
Afrodite
Ares
Apolo
Os Portugueses
Ártemis
Poseidon
Hera
Atena
Vasco da Gama
Hermes
Coro das aimorés

ACTO I

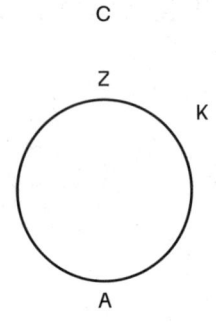

```
        C

        Z
             K
        ◯

        A
```

Dez dos onze deuses olímpicos ocupam um círculo de cadeiras disposto no centro do palco.

Zeus, que se senta numa cadeira mais alta do que as restantes e segura o ceptro, encara, desde um dos quatro pontos da circunferência, para o outro imediatamente em frente, Atlas. Atrás das suas costas, o céu. Do seu lado esquerdo, o Coro das aimorés.

Apolo está atrasado.

O percurso da coxia até à cadeira de Poseidon, bem como o espaço que rodeia a cadeira do Deus dos mares, estão encharcados.

HEFESTO *(dirigindo-se a Zeus)*
Ó Pai Todo-Poderoso, sem querer intrometer-me na logística deste nobre consílio, peço-lhe que *(olha o relógio)*, por passarem já trinta minutos da hora marcada, comecemos o quanto antes. Encomendaram-me, de Zakynthos, outro enorme escudo *(ri nervosamente)* e devo terminá-lo muito em breve, e...

ZEUS *(interrompendo Hefesto e, apesar de Tudo saber, dirigindo-se a Ártemis)*
Ártemis das Terras Selvagens, sabes por que razões maiores se atrasa teu irmão?

ÁRTEMIS
Desconheço as razões do seu atraso, Zeus Pai, e recomendo que comecemos sem ele.

POSEIDON *(num tom evidentemente provocador)*
Não estivéssemos todos ansiosamente à espera para saber o que nos traz aqui hoje... *(e deita, involuntariamente, água pela boca)*

HERA *(ao lado de Poseidon e limpando-se, incomodada, da água vertida pelo cunhado)*
Sim, querido marido, o que nos traz, afinal, aqui?

(Olhando para cima e em volta, Atlas limpa discretamente a garganta)

POSEIDON *(sarcástico, olhando para Atlas)*
... Atlas?

ARES *(cruzando os braços grandes e musculosos)*
Não seria a primeira vez.

POSEIDON
Lembram-se quando Atlas e os seus amigos tentaram atacar o Olimpo?

(Todos, menos Atlas, riem. Ao rir, Poseidon pisa várias vezes, com um pé e depois o outro, o charco à sua frente, importunando Hera, Afrodite e Hefesto)

HERMES *(levitando um pouco, e incontrolavelmente, acima da cadeira)*
O que fez ele agora, Pai querido?

(Zeus, que segura o ceptro dourado com a mão direita, bate com ele três vezes sobre o piso. Todos se endireitam ao som das três batidas. Ao ver Apolo chegar no seu carro alado, Zeus continua batendo, agora mais rápido, com o ceptro no piso. Apolo corre desesperadamente até à única cadeira vazia que há no palco. As batidas param quando, esbaforido, ele finalmente se senta.)

ZEUS
Agora que estamos todos presentes...

ATENA
E o tio Hades...?

POSEIDON
De facto.

DEMÉTER *(em suspiros, chorosa)*
Pergunto-me se Hades saberá por onde anda a minha filha...

ZEUS *(batendo, de novo, o ceptro três vezes sobre o piso e subindo o tom de voz)*
Agora que estamos todos presentes... *(baixa o tom de voz)* Começo por dizer-lhes que, por incrível que pareça, Atlas não fez absolutamente nada. Males maiores foram, contudo, por ele sofridos e as consequências de tal infortúnio dizem respeito a todos os presentes.

APOLO
As tuas sábias palavras, Zeus Pai, não podem senão afligir-nos.

ÁRTEMIS *(dirigindo-se, em sussurros, a Apolo Delfínio)*
Esqueceste-te de travar o carro.

AFRODITE *(falando para Zeus)*
O que pode ser mais grave do que querer destronar-vos, ó Todo-Poderoso, e questionar os poderes sobre-humanos do sagrado óros Ólympos?

(Enquanto o carro alado de Apolo anda, destravado, para trás, o deus levanta-se e, em bicos de pés, caminha até ele.)

ZEUS
Parece-me que Atlas deve contar-lhes o que me confidenciou a mim.

(Todos olham para Atlas. Atlas engole em seco.)

CORO DAS AIMORÉS
Se diante deles veem o gigante sem o mundo, não vão os altíssimos perguntar onde está... *(todas riem)* o mundo?

(Apolo trava finalmente o carro alado e suspira de alívio.)

ATLAS
Vossas Excelências... *(hesita)* Vossas Excelentíssimas...

(Apolo regressa discretamente à cadeira.)

ZEUS
Atlas, vai logo directo ao assunto.

ARES
Ou muito me falha a memória ou não era o castigo eterno de Atlas segurar o planeta?

HERA
Atlas, que é do planeta?

ATLAS
Bem... *(coça a cabeça)* o planeta... *(em tom excessivamente dramático)* Mundo, vasto mundo...! Como sabem, suportei o seu peso por muitos séculos. Foi, na verdade, com despretensão que aceitei o meu castigo e é ainda com vergonha que recordo a arrogância dos meus actos...

POSEIDON
Blá, blá, blá... *(espremendo os cabelos molhados)* Atlas, onde está o mundo?

CORO DAS AIMORÉS *(mimicando o Deus dos Mares)*
Atlas, onde está o mundo?

ATLAS
Há dias atrás, exercia eu nada mais que a minha humilde função de carregá-lo quando... *(suspira, desanimado)* quando eles apareceram.

HERMES *(com dificuldade, por causa das asinhas nos pés, de ficar completamente sentado na cadeira)*
Eles...? Eles quem?

HEFESTO
Sim, eles quem?

ZEUS
Os Lusitanos.

ÁRTEMIS
Quem são os Lusitanos?

POSEIDON
Ó, por Adamastor! É muito pior do que eu pensava...

CORO DAS AIMORÉS *(dramaticamente)*
Eu sou aquele oculto e grande Cabo,
A quem chamais vós outros Tormentório,
Que nunca a Ptolomeu, Pompônio, Estrabo,
Plínio, e quantos passaram, fui notório.

DEMÉTER *(falando por cima do Coro das aimorés)*
Desculpem, do que é que estamos a falar?

APOLO
Estou perdido.

ZEUS
Continua, Atlas.

ATLAS
O povo da Lusitânia... chegou, reclamou o mundo e levou-o. Não pude, não tive como fazer nada... *(com as mãos sobre a testa)* Aconteceu tudo muito rápido...

AFRODITE
O povo da Lusitânia?

CORO DAS AIMORÉS
Os Portugueses! Os Portugueses! *(enquanto correm, meio desorientadas, às voltas)* Os Portugueses! Os Portugueses!

ATLAS
Os Portugueses.
(O Coro das aimorés para subitamente de correr.)

POSEIDON
Tomaram primeiro os mares *(sacode-se, molha Hera)* e agora o mundo inteiro... *(com desprezo)* liderados por um só mortal...

ZEUS
Vasco da Gama.

POSEIDON
Não tarda dominarão também estes vales.

ZEUS
Tudo.

(Todos soltam um Ah! *terrivelmente assustado)*

CORO DAS AIMORÉS
Tudo!

(Escuta-se um estrondo. A cadeira de Hermes caiu. Hermes levita, sentado no invisível, acima dela.)

HERMES
Ai, desculpem-me... Sei que este deveria ter sido o momento mais aterrador do I Acto, mas as novas asinhas que trago nos pés são muito difíceis, quase impossíveis, de controlar...

POSEIDON *(exausto)*
Jovem Hermes, sabes que eles nos pagaram uma boa quantia de dracmas para fazer isto bem logo à primeira...

HERMES
Ó tão querido Tio Alado, desculpe-me...

DEMÉTER *(interrompendo Hermes, perdida)*
Eles? Eles quem?

AFRODITE *(ignorando Deméter)*
Faremos bom uso dessas dracmas...!

ZEUS *(batendo três vezes com o ceptro no piso)*
Vamos recomeçar.

(Hermes endireita a cadeira e senta-se.)

POSEIDON
A partir de onde?

ZEUS *(movendo a mão à medida que fala)*
"Não tarde dominarão também estes vales."

POSEIDON *(limpa a garganta, muda rapidamente de expressão e, falsamente atormentado, diz)*
Não tarda dominarão também estes vales...

ZEUS
Tudo.

(Todos soltam um Ah! *terrivelmente assustado)*

CORO DAS AIMORÉS
Tudo!

Como interpretar ONZE DEUSES OLÍMPICOS REÚNEM-SE PARA DEBATER A MAIS RECENTE ACUSAÇÃO DO GIGANTE ATLAS

O enredo de ONZE DEUSES OLÍMPICOS REÚNEM-SE PARA DEBATER A MAIS RECENTE ACUSAÇÃO DO GIGANTE ATLAS, cuja graça e originalidade se estabelece com base no diálogo intertextual entre a Mitologia Clássica e a admirável História de Portugal, atesta, sobretudo a partir do diálogo concludente entre Zeus e Vasco da Gama no II Acto, a grandeza inegável dos Descobrimentos Portugueses e a mais do que óbvia sobreposição da Cultura Lusitânica à Cultura Antiga.

CAPUT PORTUGALLIAE EX MACHINA

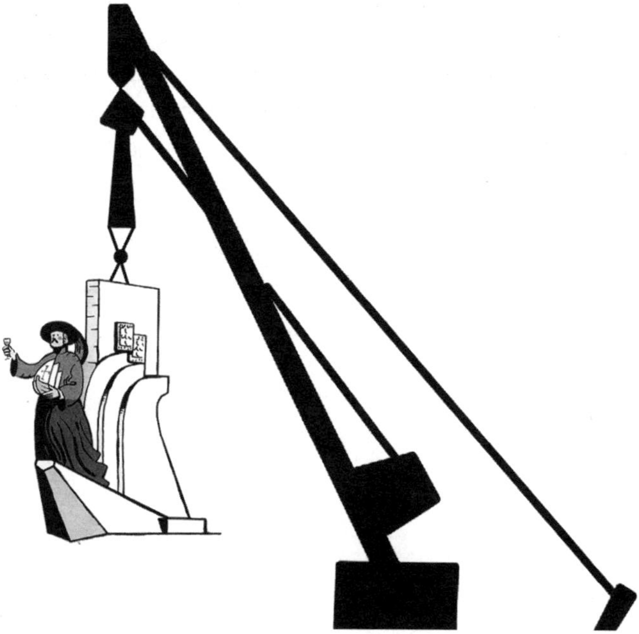

O que é a CAPUT PORTUGALLIAE EX MACHINA

"O Líder Português surge da máquina" ou "O Líder Português desce numa máquina". Técnica teatral que consiste em fazer descer, com o auxílio de um guindaste, certas forças supremas e cristianizadas da Pátria recente, como António de Oliveira Salazar, Óscar Carmona ou Sidónio Pais, ou do nosso extraordinário Passado, como Infante D. Henrique, Bartolomeu Dias ou Tristão da Cunha, com o intuito de desamarrar, de modo tão inesperado quanto ininteligível, qualquer e difícil nó do enredo nacional que, além de intrincado, se destaca por ser aparentemente irresolúvel.

Como usar a CAPUT PORTUGALLIAE EX MACHINA

O actor deverá ser lenta e epicamente alçado até a um ponto estratégico do palco num momento de claro impasse narrativo para, entre o assombro e a surpresa de quem o vê e escuta dentro e fora de cena, solucionar com propriedade divina os temores, obstáculos e outros pesares que, tragicamente, assolam as restantes personagens da trama.

MULETA

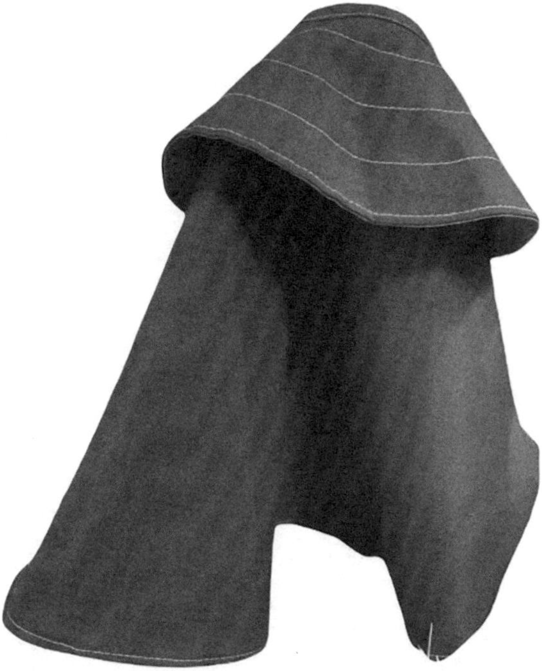

O que é a MULETA

Pedaço de flanela vermelha inventada pelo matador Francisco Romero com que, depois do capote, da vara e das bandarilhas, se engana e domina bela e artisticamente o touro no último terço da lide ou faena até ele abaixar, decrépito, a cabeça para morrer.

Como usar a MULETA

A aplicabilidade e intensificação profissional, amadora ou decorativa deste e de outros símbolos tauromáquicos recordará aos presentes a utilidade e o interesse cultural,* educativo,** histórico, social, financeiro*** e artístico das corridas de touros para Portugal e os Mundos Velho e Novo.

---

* Pepe Luiz, *Fado, Mulheres e Toiros*. 1945.

** Júlio Eduardo dos Santos, *Carta a Uma Criança de Oito Anos: Para Ser Lida Quando o Seu Desenvolvimento Intelectual Lhe Permitir a Compreensão das Ideas Defendidas pelo Autor. (Acerca da Influência das Touradas)*. 1926.

*** Sindicato Nacional dos Toureiros Portugueses, *Síntese do Valor Económico e Social da Raça Bovina Brava*. 1975.

CACOLUSOFÓNICA

FM 87.5 93 98 103 108 MHz
AM 520 900 1200 1450 1710 KHz
CACOLUSOFÓNICA

O que é o rádio CACOLUSOFÓNICA

O rádio CACOLUSOFÓNICA foi criado com a intenção de reproduzir música em Língua Portuguesa, mas, por razões que os criadores do CACOLUSOFÓNICA se recusaram a aclarar, não reproduz música africana.

Como usar o rádio CACOLUSOFÓNICA

1. Ligue o rádio CACOLUSOFÓNICA.

2. Ajuste aleatoriamente a estação.

3. Dance sozinho ou com amigos ao som dos mais variados *hits* do Fado Português e do sertanejo *pop* brasileiro.

ENXOVALZINHO DO MENINO JESUS

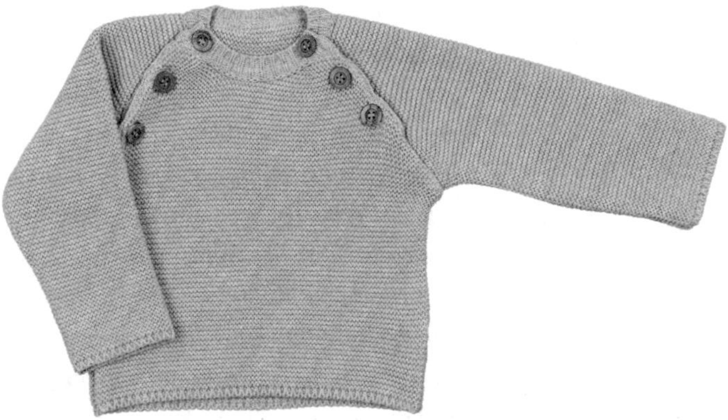

O trabalho da mulher fora do lar desagrega este, separa os membros da família, torna-os um pouco estranhos uns aos outros. Desaparece a vida em comum, sofre a obra educativa das crianças, diminui o número destas; e com o mau ou impossível funcionamento da economia doméstica, no arranjo da casa, no preparo da alimentação e do vestuário, verifica-se uma perda importante, raro materialmente compensada pelo salário percebido.

António de Oliveira Salazar,
Discurso da Sede da União Nacional.
16 de Março de 1933.

O que é o ENXOVALZINHO DO MENINO JESUS

Uma das mais graciosas e enternecedoras manifestações físicas da Vocação Maternal e exaltação do Amor Doméstico.

Oração

Ó Menino Jesus, a Vós recorro e Vos suplico, pela intercessão de Vossa Mãe Santíssima: assisti-me nesta necessidade, porque creio firmemente que a Vossa Divindade pode me socorrer!

[Pedir a graça]

Espero com toda a confiança obter a Vossa santa graça. Amo-Vos de todo o meu coração e com todas as forças de minha alma.

Arrependo-me sinceramente de todos os meus pecados e Vos imploro, ó Bom Jesus, que me fortaleçais para ser vitorioso. Proponho-me não mais Vos ofender e a Vós me ofereço, dispondo-me a sofrer antes de fazer-Vos sofrer.
Quero de agora em diante Vos servir com toda a fidelidade, e, pelo Vosso Amor, ó Menino Deus, amarei o meu próximo como a mim mesmo.

Ó Menino Onipotente, Senhor Jesus, mais uma vez eu Vos suplico: atendei-me nesta necessidade!

[Recordar com grande confiança e certeza a graça que se deseja alcançar]

Concedei-me, principalmente, a graça de Vos possuir eternamente, na companhia de Maria Santíssima e de São José, para Vos adorar com todos os anjos na Corte Celestial.

Amém.

Atos de devoção pela novena do Santo Natal

> I dia — O bercinho
> II dia — A camisolinha
> III dia — O colchãozinho
> IV dia — A touquinha
> V dia — O travesseirinho de plumas
> VI dia — As fraldas
> VII dia — Os lençóis
> VIII dia — O cobertorzinho
> IX dia — O lencinho

Oferecimento do enxovalzinho a Jesus pelas mãos de Maria

Santíssima Virgem, o pequeno pacote que desejo apresentar ao Menino Jesus está pronto na pobre cela de meu coração, mas é tão imperfeito que não tenho a coragem de lho oferecer. Tu, que com tuas delicadíssimas mãos maternas preparaste para Jesus um cândido enxovalzinho perfumado de Paraíso, debruça-te sobre meu pobre trabalho, purifica-o com teu olhar, inflama-o com as batidas de Teu Coração Imaculado, para que possa ser aceito pelo pequeno Jesus, e Ele venha a nascer no meu coração, onde proponho guardá-Lo e amá-Lo como único tesouro.

> *Pelas Tuas mãos, dulcíssima Maria,*
> *Terei a Jesus, delícia e vida minha!*

BUSTO DÓI-DÓI

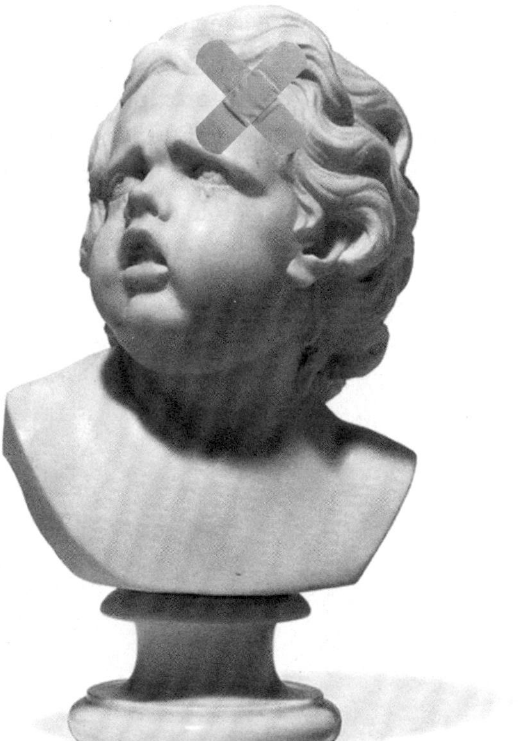

O que é o BUSTO DÓI-DÓI

O BUSTO DÓI-DÓI ou COITADINHO agracia e condecora os grandes colonos Portugueses que, entre os séculos XVI e XX, manifestaram, penosamente, copiosas mágoas e sofrido desânimo com respeito ao ambiente anómalo e enfermo das colónias.

Partem, por exemplo, da teoria hipocrática do balanço dos humores* os queixumes e lamentações de muitos homens valorosos em relação à Amazónia, onde os Portugueses, apesar da sua constituição forte, contraíram variadíssimas doenças; aos sertões, onde os povos originários se escondiam e muitos Portugueses morreram; ou a Angola e ao seu conhecido clima patológico.

---

* Ares, águas e lugares.

Como usar o BUSTO DÓI-DÓI

A rememoração dos enormes obstáculos, trabalhos e estorvos que os nossos antepassados enfrentaram valentemente em terras de terceiro mundo reconhece e quem sabe, algum dia, liquidará a tão caridosa dívida que herdamos e suportamos orgulhosamente como membros da Nação.

TEORIA DA GRAVIDADE

RENÉ DES-CARTES CHEVALIER SEIGNEUR DU PERRON

Frans Hals pinxit.   Edelinck Sculp. C.P.R.

Ἀλλαὰ μὴν οὐδὲ φιλογέλωτας γε δεῖ εἶναι. σχεδὸν γὰρ ὅταν τις ἐφῇ ἰσχυρῷ γέλωτι, ἰσχυρὰν καὶ μετανι βολὴν ζητεῖ τὸ τοιοῦτον.

> Platão, *A República*. III. 388E-15.

Dominum munquam risisse,
sed flevisse legimus.

> *Patrologia Latina*. XL, 1290.

L'expérience aussi nous fait voir qu'en toutes les rencontres qui peuvent produire ce ris éclatant qui vient du poumon, il y a toujours quelque petit sujet de haine, ou du moins d'admiration.

> René Descartes,
> *Les passions de l'âme*. Art. 125. 1649.

Sudden Glory, is the passion which maketh those Grimaces called LAUGHTER; and is caused either by some sudden act of their own, that pleaseth them; or by the apprehension of some deformed thing in another, by comparison whereof they suddenly applaud themselves.

> Thomas Hobbes, *Leviathan* or
> *The Matter, Forme and Power of a*
> *Commonwealth Ecclesiasticall*
> *and Civil*. 1651.

Muito riso, pouco siso.

> Anónimo

O que é a TEORIA DA GRAVIDADE

Por não reconhecer na dessublimação física do riso, *grito inarticulado e explosivo*,* ou em quaisquer manifestações e géneros cómicos um interesse maior, a TEORIA DA GRAVIDADE (TDG) encontra na austereza, bem como no autocontrolo de determinadas condutas menores, o germe dos factores morais da produção.

---

* Descartes em tradução livre. *Les passions de l'âme*. Art. 132. "[C]es cris sont ordinairement plus aigus que ceux qui accompagnent le ris."

Como usar a TEORIA DA GRAVIDADE

O afastamento judicioso e sem excepções* de operações cómicas, paródicas e *bathéticas*** é absolutamente necessário para a fabricação e o estabelecimento do que, social e artisticamente, *importa* ou *não importa*.

---

* Ao contrário de alguns pensadores, a TDG também não reconhece na gargalhada *cínica* e descrente de Diógenes ou Demócrito um interesse maior.

** Do grego βάθος, "profundo", o contrário de πάθος (*páthos*) ou, segundo Aristóteles, um *páthos falhado* porque, em vez de produzir lágrimas, provoca o riso. Vide *Ética a Nicómaco* (II.5, 1105b19-21); *Metafísica* (V.21, 1022b15-22); e *Retórica* (II.1, 1378a20-21).

**ORDEM UNIVERSITÁRIA
INTERNACIONAL DA ENSAÍSTICA
ACADÉMICA SOBRE TEXTOS
LITERÁRIOS**

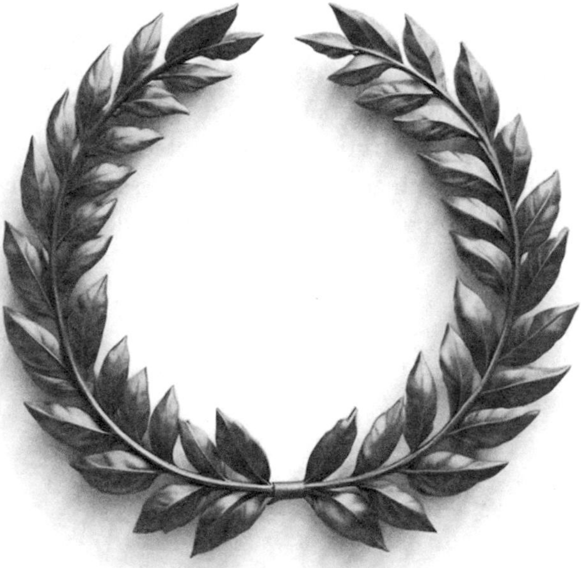

O que é a ORDEM UNIVERSITÁRIA INTERNACIONAL DA ENSAÍSTICA ACADÉMICA SOBRE TEXTOS LITERÁRIOS

A postura a ter diante da *literariedade** ou texto literário recomendada pela ORDEM UNIVERSITÁRIA INTERNACIONAL DA ENSAÍSTICA ACADÉMICA destaca-se, em primeiro lugar, por constituir a única postura possível a ter diante da *literariedade* ou texto literário.

Define-se, em segundo lugar, pela firmeza e obstinação com que descreve e, muitas vezes, resume o objecto de estudo, bem como a teoria útil para melhor entendê-lo, no contexto de uma estrutura verbal, grafada ou oral, igualmente firme, obstinada e, sobretudo, avessa a caprichos inventivos ou supostas ambições extra-académicas.**

---

* Conjunto de características que permitem designar um *texto*, na sua acepção mais generalizada (poema, filme, romance, quadro, conto, fotografia, etc.), de *literário*.

** = literárias.

Como fazer uso das lições partilhadas pela ORDEM UNIVERSITÁRIA INTERNACIONAL DA ENSAÍSTICA ACADÉMICA SOBRE TEXTOS LITERÁRIOS

Ao contrário do objecto de estudo, que pode ou não ser crítico, e o é efectivamente com certa regularidade, o posicionamento académico a ter perante o objecto de estudo *não poderá* ser criativo.

A dimensão hermética das palavras do ensaísta assina, de resto, a intransigência da já referida inclinação descritiva do também já referido ensaio académico.

ESPINGARDA DE CÂNONE CERRADO

para a Vanusa

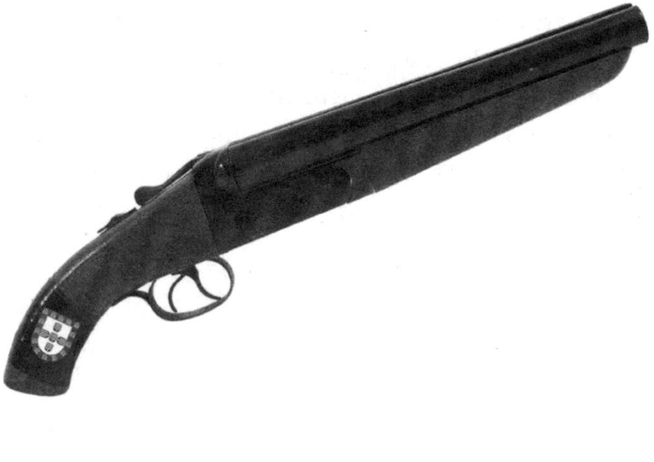

O que é a ESPINGARDA DE CÂNONE CERRADO

A ESPINGARDA DE CÂNONE CERRADO desautoriza outras leituras e interpretações das grandes obras ou autores canónicos Portugueses, especialmente aquelas feitas por membros das comunidades das ex-colónias, estrangeiros ou estrangeirados a viver ou não fora da excelsa pátria. Estes três, que, sem fundamento ou domínio dos estudos literários, pecam por, em primeiro lugar, ignorar que o génio da Língua é a essência espiritual emanada dos seus vocábulos intraduzíveis, descontextualizando historicamente o texto e impondo ideias do presente no nosso tão vigoroso passado, desconsideram, igualmente, a qualidade incontestável e a florescência espontânea da nossa voluminosa literatura que, como uma virgem imaculada, continua resplandecendo a potência da valorosa Nação Portuguesa nos sete cantos dos Mundos Velho e Novo.

Como usar a ESPINGARDA DE CÂNONE CERRADO

1. Não precisará de licença nem treino prévio para adquirir, portar e manejar a ESPINGARDA DE CÂNONE CERRADO.

2. O bom emprego da ESPINGARDA DE CÂNONE CERRADO tampouco requer o domínio da(s) obra(s) ou autor(es) em discussão.

3. Saque da ESPINGARDA DE CÂNONE CERRADO quando sentir que você e o portentoso Cânone Luso são os alvos da perseguição e inquisição de um ou mais leitores desinformados.

4. Sem pestanejar e pelo bem da nação, dispare, a torto e a direito, tão apaixonada quanto desordenadamente, a ESPINGARDA DE CÂNONE CERRADO.

AULA DE INTRODUÇÃO À LITERATURA BRASILEIRA SOBRE A CARTA DE PERO VAZ DE CAMINHA

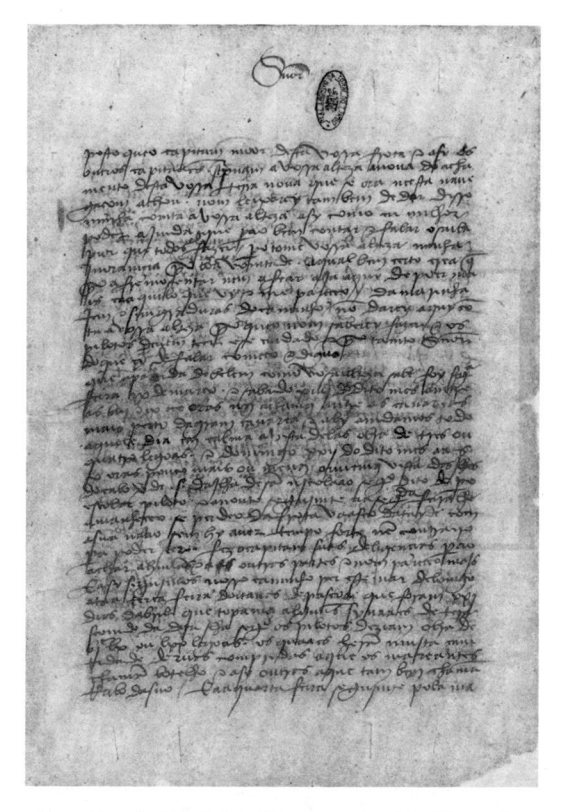

Pero Vaz de Caminha, "Carta a el-rei D. Manuel I sobre o achamento do Brasil". 1º de maio de 1500.

O que é a AULA DE INTRODUÇÃO À LITERATURA BRASILEIRA SOBRE A CARTA DE PERO VAZ DE CAMINHA

Este encontro sobre os trabalhos do escrivão da armada de Pedro Álvares Cabral, filho de Vasco Fernandes de Caminha e Isabel Afonso e ex-vereador da cidade do Porto, assinala o começo de uma sequência pedagógica de encontros dedicados ao estudo e à análise exaustivos dos clássicos da literatura brasileira.

Ler-se-ão, por exemplo, logo depois da carta datada de 1º de maio de 1500 e dirigida do rei D. Manuel I, a Relação do Piloto Anónimo e a Carta do Mestre João Faras.

Como usar a AULA DE INTRODUÇÃO À LITERATURA BRASILEIRA SOBRE A CARTA DE PERO VAZ DE CAMINHA

Do mesmo modo que lhe abrirá portas a tantos outros textos que marcam o desenvolvimento histórico da literatura brasileira, o exercício de *close reading** da conhecida Carta de Pero Vaz de Caminha, *certidão de nascimento do Brasil*, propõe, para mais tarde teorizá-la, uma relação de dependência entre o achamento do Brasil e os inícios civilizacionais do sistema literário brasileiro.

* "Leitura atenta."

**CORAÇÃO DE D. PEDRO I
VERSÃO PELÚCIA**

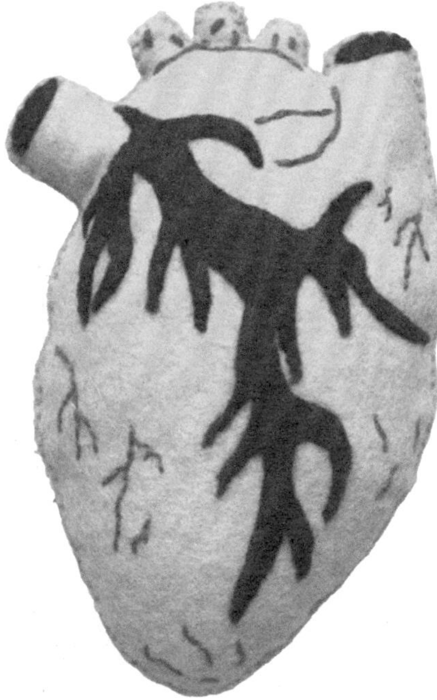

O que é o CORAÇÃO DE D. PEDRO I
VERSÃO PELÚCIA

Réplica felpuda, em fibras sintéticas e outros têxteis, do coração* de D. Pedro IV e Imperador do Brasil D. Pedro I.

* Preservado desde a sua morte em 1834.

Como usar o CORAÇÃO DE D. PEDRO I VERSÃO PELÚCIA

As funções decorativas ou emocionais do CORAÇÃO DE D. PEDRO I VERSÃO PELÚCIA variarão conforme a intenção ou necessidades do proprietário.

*O GRANDE MANUAL
DAS DEFINIÇÕES
DE ANTÓNIO COSTA*

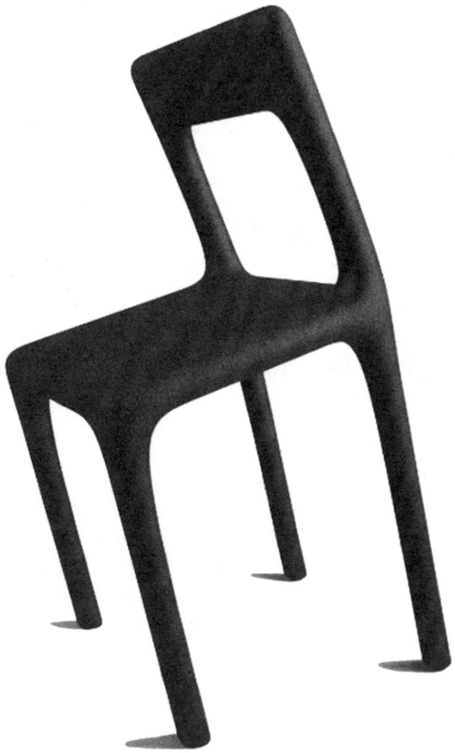

★ ★ ★ ★ ★   August 29, 2021

António Costa
6 reviews

Follow

Uma certa corrente do dito pensamento contemporâneo quer transformar a literatura em campo de batalha ideológico, esquecendo-se que a literatura foi sempre palco para a encenação da humanidade e das suas lutas. Ignorando os ensinamentos que nos foram legados, aplicam nestas obras atuais uma piedadezinha indolente e rasa, como se o objetivo fosse parecer aquilo a que os ingleses chamam «woke». De literatura, há pouco. Serve como manifesto de um certo intervencionismo de sofá, e o resultado é no mínimo confrangedor para o leitor que procura algo mais do que os panegíricos de uma sociedade «engajada» mas que vive para o umbigo. Fraco.

Comentário publicado originalmente no Goodreads sobre a 1ª edição d'*O Kit de Sobrevivência do Descobridor Português no Mundo Anticolonial*, publicada, no Brasil, pelas Edições Macondo.

O que é O GRANDE MANUAL DAS DEFINIÇÕES DE ANTÓNIO COSTA

De suma importância para a aclaração das matérias que dominam, desde o início dos tempos, a essência de certas pelejas intelectuais, O GRANDE MANUAL DAS DEFINIÇÕES DE ANTÓNIO COSTA distingue-se, ao contrário da imprecisão epistemológica de outros volumes, por reunir as definições de um número considerável de objectos culturais, literários, artísticos e musicais nunca antes definidos com tamanha rectidão e pela autoridade irrestrita com que o autor, ANTÓNIO COSTA, o faz ao longo de cem curtas, porém memoráveis, laudas.

O GRANDE MANUAL DAS DEFINIÇÕES DE ANTÓNIO COSTA destina-se a leitores sérios e calejados, investidos no debate de assuntos tão elevados quanto transcendentes, e argumentativamente desenvoltos.

O GRANDE MANUAL DAS DEFINIÇÕES DE ANTÓNIO COSTA é apolítico.

Como usar O GRANDE MANUAL DAS DEFINIÇÕES DE ANTÓNIO COSTA

1. *O GRANDE MANUAL DAS DEFINIÇÕES DE ANTÓNIO COSTA* deverá ser estudado, com empenho e rigor desmedidos, em cadeiras desconfortáveis. Nunca no sofá.

2. *Quis attero mihi tantum planto mihi validus.*

PULSEIRA CLUBE DO BOLINHA

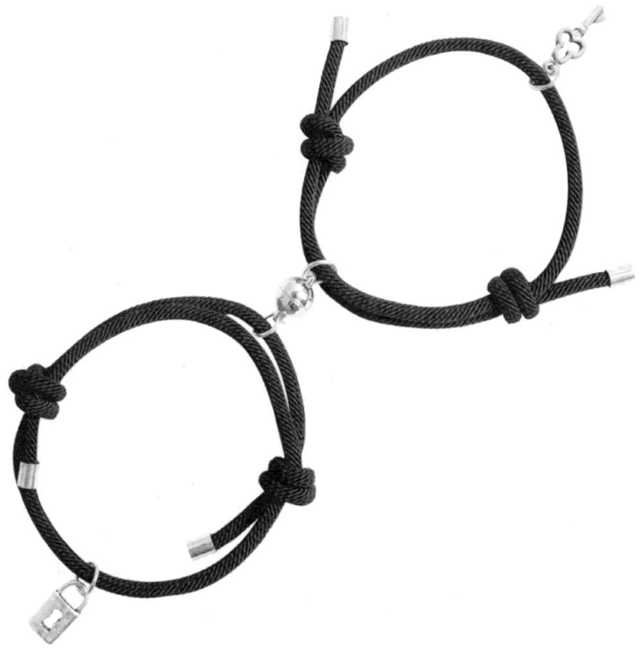

O que é a PULSEIRA CLUBE DO BOLINHA

A PULSEIRA CLUBE DO BOLINHA representa, oficializa e saúda o companheirismo, lealdade acentuada e apoio mútuo que existem entre homens nas mais variadas situações.

Como usar a PULSEIRA CLUBE DO BOLINHA

Compre uma para si e outra(s) para o(s) seu(s) amigo(s).

COIMA SANTA CASTIDADE

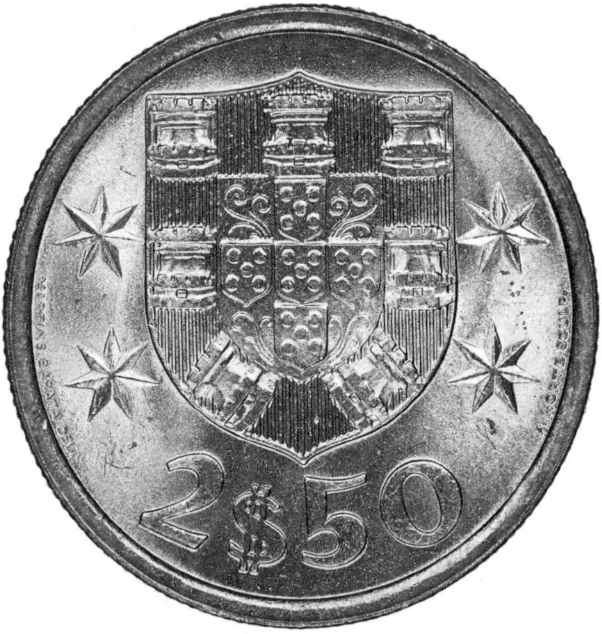
2$50

O que é a COIMA SANTA CASTIDADE

Relegava, em áureos tempos, o sacrifício Pátrio, que é a lei suprema da Vida, o fervor e a excitação físicos entre Homem e Mulher com vista à pacatez colectiva, e relegava-os, com sizo e bonança, porque, além de arriscarem a respeitabilidade e virtude das raparigas, tais arrebatamentos carnais não contribuem para a Ordem e o Progresso da Nação.

Como usar a COIMA SANTA CASTIDADE

O montante a ser pago por aqueles que cedem a arroubos libidinosos ou copulativos varia segundo a gravidade do desregrado impulso cárneo* e regulamenta com modéstia e vergonha tanto o descaramento quanto a volúpia que corrompem, quiçá irreversivelmente, a imagem da Sociedade Portuguesa e, em particular, a reputação das genetrizes do Futuro do País.

---

* 2$50 para a *mão na mão* ou, por exemplo, 15$ para a *mão naquilo*.

ENGENHINHA

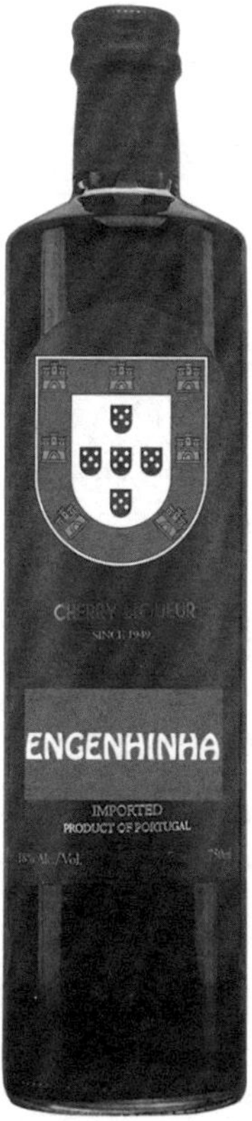
ENGENHINHA
IMPORTED
PRODUCT OF PORTUGAL

O *que é a* ENGENHINHA

A versão colonial da Ginjinha.

Como usar a ENGENHINHA

1. Abra a ENGENHINHA.

2. Sirva a ENGENHINHA num copo de vidro *shot*.

3. Beba.

SAUDOMASOQUISMO

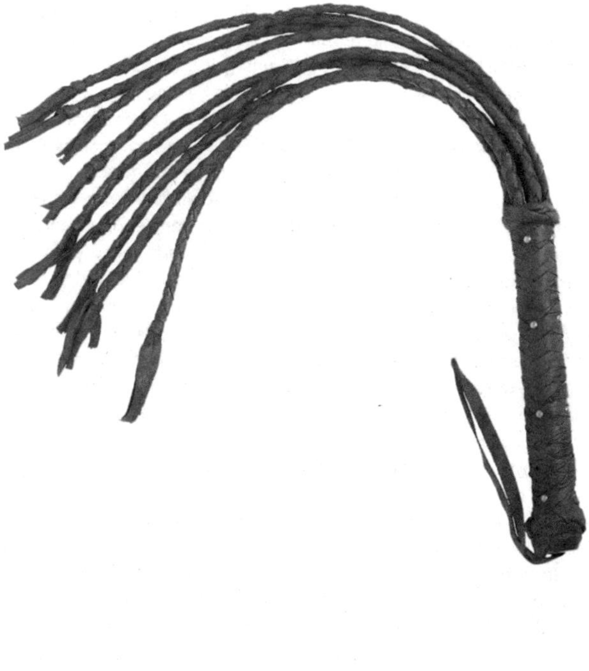

O que é o SAUDOMASOQUISMO

O chicote SAUDOMASOQUISMO expande materialmente dois conceitos caros à Cultura Portuguesa e, de resto, intraduzíveis: a *Saudade* e o *Saudosismo*.* Condensa, além do mais, a bem conhecida expressão "matar a saudade" e tem como objectivo duplo conservar e, ao mesmo tempo, expurgar o Sentimento Saudoso que deriva do nosso Idealismo.

* A *Saudade* (vide "Saudade Portugueza", 1911, da senhora Carolina Michaelis) diz respeito ao senso comum e compõe-se de dois elementos moldadores: *desejo* e *lembrança*, conforme Teixeira de Pascoaes; *gosto* e *amargura*, segundo Duarte Nunes de Leão; *gosto* e *amargura*, conforme Almeida Garrett. "O *desejo* é a parte sensual e alegre da Saudade, e a *lembrança* representa a sua face espiritual e dolorida, porque a *lembrança* inclue a ausência d'uma cousa ou d'um sêr amado que adquire presença espiritual em nós. A dôr espiritualisa o desejo, e o desejo, por sua vez, materialisa a dôr. Lembrança e desejo confundem-se, penetram-se mutuamente, animados da mesma força vital e assimiladora, e precipitam-se depois n'um sentimento novo que é a Saudade. Pelo desejo e pela dôr, a Saudade representa o sangue e a terra de que descende a nossa Raça. D'esta forma, aqueles dois ramos étnicos que deram origem aos povos latinos, encontraram na Saudade e, portanto, na alma portuguesa, a sua divina síntese espiritual". *Vide*, por sua vez, Teixeira de Pascoaes, *Arte de Ser Português*. Porto: Renascença Portuguesa, 1915, pp. 113-4. Em estreita relação com o Criacionismo de Leonardo Coimbra e avesso ao cosmopolitismo do racionalismo e do positivismo da Geração de 70, o *Saudosismo*, cujos impulsos iniciais foram explicitamente postos em prática n'*O Encoberto* de Sampaio Bruno e, mais tarde, nos artigos da revista *A Águia* (1910), do grupo da Renascença Portuguesa, carrega em si a ideia de renovar e regenerar a nação a partir da elevação mística, social, política, religiosa, naturalista e messiânica do traço espiritual definidor da *Alma Portuguesa*: a Saudade. Está, também, na base do pensamento da futura civilização europeia, sob a forma de um transcendentalismo panteísta, que é, qual Índia nova!, a civilização lusitana. *Vide*, por sua vez, *O Espírito Lusitano ou O Saudosismo* (1912), *O Génio Português: Na sua Expressão Filosófica, Poética e Religiosa* (1913) de Teixeira de Pascoaes. É, para lá disto, o embrião da primeira escola literária do século XX Português, desenvolvida criticamente pelo Fernando Pessoa de 1912 e, de, por oposição ou solução de continuidade, todas as outras formas poéticas das gerações seguintes — interseccionistas, sensacionistas ou vertiginistas.

Como usar o SAUDOMASOQUISMO

A interpretação metafórica ou literal do SAUDOMASOQUISMO fica inteiramente ao seu critério.

OUTLANDER

para a Fernanda

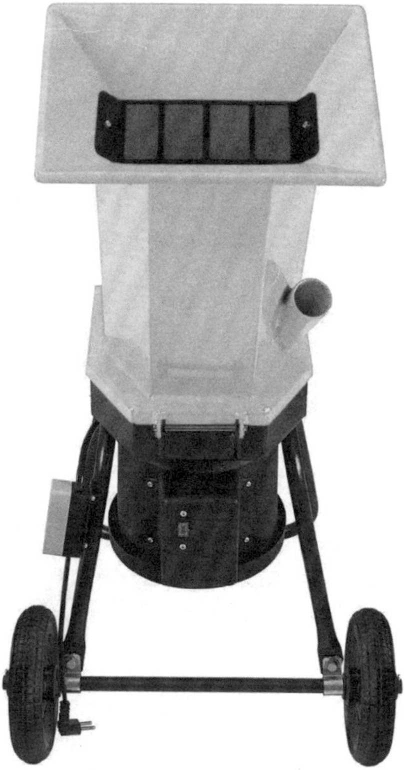

O que é o OUTLANDER

Responsável pela aniquilação tão competente quanto severa das plantas exóticas invasoras não-portuguesas.

Como usar o OUTLANDER

Entre os cuidados a ter durante o extermínio do vegetal estrangeiro, constam, por exemplo, o uso de camisas de manga comprida e de tecido mais grosso, óculos, luvas, capacete ou máscara.

BANQUINHO RACIAL

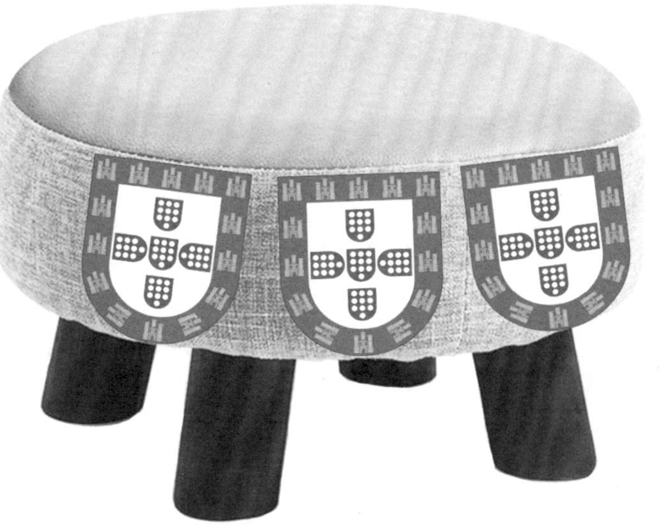

O que é o BANQUINHO RACIAL

O BANQUINHO RACIAL está na base de um exercício fundamentalmente psicológico e deve ser usado na eventualidade de cruzar-se com um ou mais membros das comunidades das ex-colónias Portuguesas.

Como usar o BANQUINHO RACIAL

1. Ao cruzar-se com um ou mais membros das comunidades das ex-colónias Portuguesas, posicione o banquinho e suba para cima dele.

2. Desça do banquinho assim que o contacto com um ou mais membros das comunidades das ex-colónias Portuguesas terminar.

Não se recomenda o uso do BANQUINHO RACIAL em situações de contacto com um ou mais membros dos países do Norte.

LEI DO RETORNO

Francisco Franco de Sousa,
Estátua de António de Oliveira Salazar.
Fotografia de Antónia Melo. Lourenço Marques. 1969.

O que é a LEI DO RETORNO

A defesa, cada vez mais inadiável, da restituição das coisas ao seu devido lugar.*

---

* Serve a fotografia da estátua de António de Oliveira Salazar (ver página anterior) como prova da necessidade e urgência em devolver à Origem os símbolos. Apesar de mandada construir para adornar a entrada do Liceu Salazar em Maputo, a sequência peculiar de eventos que envolvem o percurso desta obra máxima é, no mínimo, infeliz: a cabeça da estátua em que o grande Líder Português exibe as insígnias da Universidade de Coimbra explodiu, de tão insurrecto o povo maputense, lá pelos idos de 1960. O Império Português não demorou muito a substituí-la por outra versão, idêntica à anterior, esculpida em bronze e ligeiramente mais pequena. Contudo, logo depois do 25 de Abril de 1974, a estátua foi transladada para um canto recôndito e ignorado da cidade de Maputo e lá permanece até hoje um dos símbolos máximos da Força Lusa encarando, triste e desonradamente, a parede de um edifício comum. O episódio lembra também, por comparação e desgraça, a transladação injusta das estátuas de D. Teodósio Clemente de Gouveia, António Ennes e Gago Coutinho em Maputo ou o degolamento, vandalismo e zaragata bombástica ocorridos em Santa Comba Dão nos anos 70 pós-74. "Desconhecidos decapitaram a estátua de Salazar erigida no largo fronteiro do Palácio da Justiça de Santa Comba Dão, durante a madrugada de ontem, levando consigo a cabeça de bronze do sinistro ditador que mergulhou Portugal no obscurantismo que ainda hoje subsiste em muitas regiões." "Decapitada a estátua de Oliveira Salazar em Santa Comba Dão." *Diário de Notícias*, 18.11.1975.

Como usar a LEI DO RETORNO

A chamada pertinaz de atenção para o que, de facto, importa — a manutenção escrupulosa do valor histórico e simbólico do Espaço Nacional — é filha da nossa iniciativa aventureira.

ICONOPHILOS

ICONOPHILOS
REMOVEDOR DE PICHE E COLA
TAR AND ADHESIVE REMOVER
REMOVEDOR DE ALQUITRÁN Y PEGAMENTO
1,5L NET WT 50.7 FL OZ

*O que é o ICONOPHILOS**

Indicado para a remoção de pichações em pedras, madeiras, metais, concreto, pisos, rejuntes, monumentos, cerâmicas, vidros ou outras superfícies e absolutamente necessário para a preservação, defesa e conservação do testemunho tangível de muitos séculos de História de Portugal, da cultura da Raça Lusitânica e da Palavra Justa.

---

* Ou, em Língua Portuguesa, "iconófilo". Do grego *eikōn* + *phílos*, o que ama os "ícones" — religiosos, culturais, artísticos — ou o que ama as imagens, as estátuas e os quadros.

Como usar o ICONOPHILOS

1. Com o auxílio de uma pistola de alta pressão, encharque a área vandalizada com água.

2. Aplique o ICONOPHILOS sobre a pichação.

3. Espere entre 2 e 20 minutos.

4. Remova a pichação com o auxílio de uma escova.

MÁXIMAS

Philippe de Champaigne,
Retrato de Santo Agostinho. Século XVII.

O que é o MÁXIMAS

"Sábio é aquele que conhece os limites da própria ignorância" (Sócrates), "Não espere por uma crise para descobrir o que é importante na sua vida" (Platão), "O homem ignorante afirma, o homem sábio duvida, o homem sensato reflecte" (Aristóteles), "Se um homem não sabe para que porto embarca, nenhum vento é favorável" (Séneca), "Ter fé é assinar uma folha em branco e deixar que Deus nela escreva o que quiser" (Santo Agostinho) ou "Eu penso, logo existo" (René Descartes) são algumas das máximas que compõem o metafísico e metafórico bolsilivro *MÁXIMAS*.

Como usar o MÁXIMAS

A utilidade tão literária quanto prática do bolsilivro *MÁ-XIMAS* reside na universalidade atemporal e divertidamente nebulosa das suas citações.

SEBASTIANA

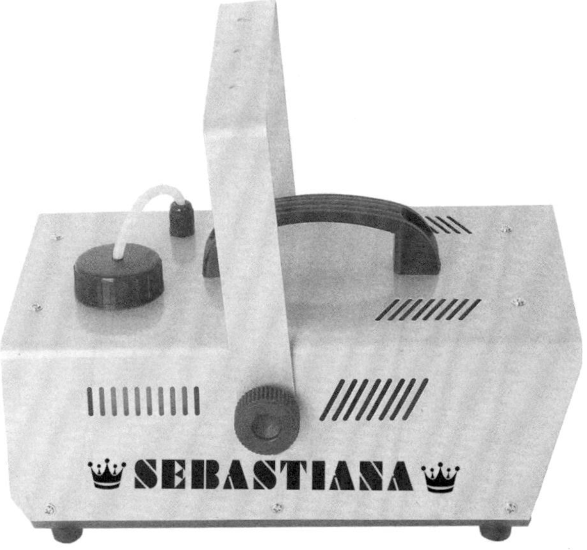
SEBASTIANA

O que é a SEBASTIANA

Máquina de fazer nevoeiro que propicia as condições atmosféricas ideais para o reaparecimento de D. Sebastião.

Como usar a SEBASTIANA

1. Coloque a SEBASTIANA num espaço fechado.

2. Ligue a SEBASTIANA.

3. Espere entre 20 a 30 minutos.

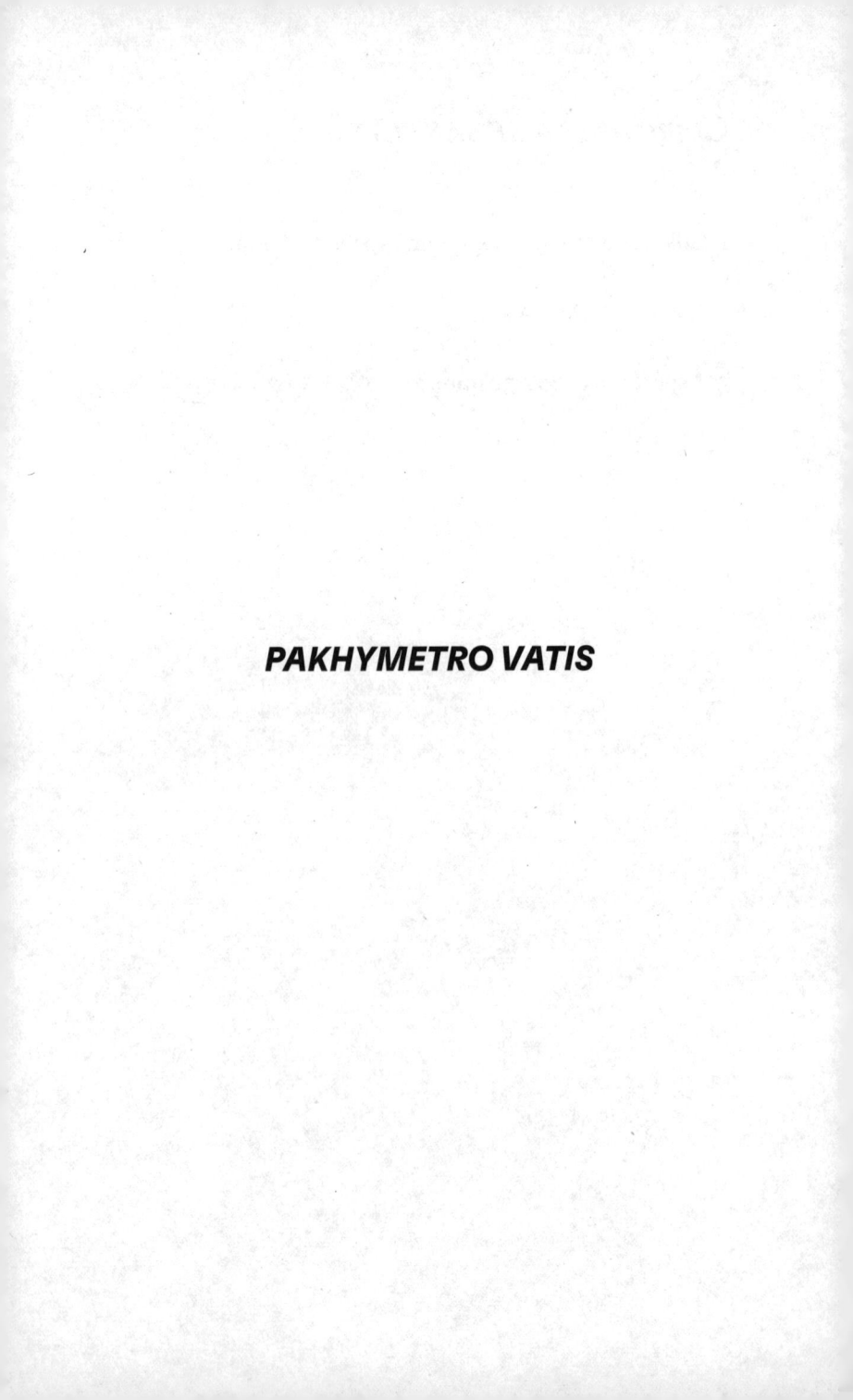

PAKHYMETRO VATIS

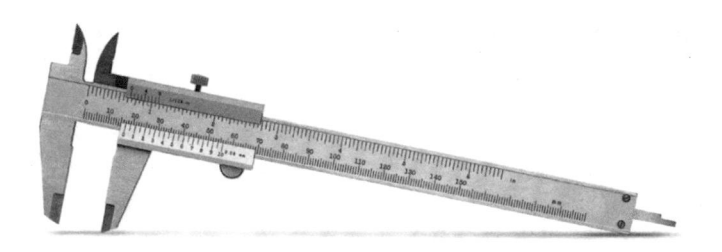

O que é o PAKHYMETRO VATIS

O PAQUÍMETRO DOS VATES acudirá o autor no alcance formal do aprazimento do verso* e auxiliar-lo-á a escapar de modo gracioso aos versos duros, frouxos, monófonos ou cacofónicos.

A perfeição máxima do verso deverá, por documento de instinto poético e bom engenho, corresponder, além de tudo, à sensatez conteudística que, assente na maior cópia de vocábulos em todas as matérias, se distinguirá pela seriedade, delicadeza e cerimónia com que trabalha a universalidade dos temas.

---

* Ou *metro*. Trata-se de um ajuntamento de palavras e até, em alguns casos, de uma só palavra, que compreende determinado número de sílabas com uma ou mais pausas de que *idealmente* — versos há que tendo o número preciso de sílabas destoam ou desiludem apesar da ambição e diligência do versificador — resulta uma cadência agradável.

Como usar o PAKHYMETRO VATIS

A coincidência exímia entre a forma e a seriedade do conteúdo farão do verso objecto de disputada apreciação.

MECANISMO ROBINSON CRUSOE

Robinson Crusoe e Sexta-feira. Ilustração extraída de *The Story of Robinson Crusoe: An Adaptation for Children Following Defoe's Language*. Século XIX. The Stapleton Collection.

At last he lays his head flat upon the ground, close to my foot, and sets my other foot upon his head, as he had done before; and after this made all the signs to me of subjection, servitude, and submission imaginable, to let me know how he would serve me so long as he lived. I understood him in many things, and let him know I was very well pleased with him. In a little time I began to speak to him; and teach him to speak to me: and first, I let him know his name should be Friday, which was the day I saved his life: I called him so for the memory of the time. I likewise taught him to say Master; and then let him know that was to be my name.

Daniel Defoe, *The Life and Adventures of Robinson Crusoe*. XIV. 1719.

O que é o MECANISMO ROBINSON CRUSOE*

Elaboração detalhista e ficcional de personagens elevadas que traduzam, no contexto das narrativas literárias nacionais, o arquétipo do empreendimento imperialista em terras de terceiro mundo.

---

* Apesar de não ser criação Portuguesa, Robinson Crusoe personifica, literariamente, a irrepreensibilidade das acções excepcionais que definem o carácter dos Portugueses nas ex-colónias e concentra, ao refiná-las, as mais admiráveis qualidades dos heróis da Antiguidade Clássica.

Como usar o MECANISMO ROBINSON CRUSOE

O perfil singular do Herói Nacional não será nunca abalado pelas especificidades ficcionais da geografia adversa ou outras personagens menores e evidenciar-se-á, pela dominação biológica, entre os demais perfis.

MECANISMO PERI

Domenico de Angelis, *O Guarani.* 1897-1899.

Cecília ajoelhou-se.
— Salve, rainha!...
O índio contemplava-a com uma expressão de ventura inefável.
— Tu és cristão, Peri! disse ela lançando--lhe um olhar suplicante.
Seu amigo compreendeu-a, e ajoelhando, juntou as mãos como ela. — Tu repetirás todas as minhas palavras; e faze por não esquecê-las. Sim?
— Elas vêm de teus lábios, senhora.
— Senhora, não! irmã!
Daí a pouco os murmúrios das águas confundiam-se com os acenos maviosos da voz de Cecília que recitava o hino cristão repassado de tanta unção e poesia.

José de Alencar, *O Guarani*. 1857.

O que é o MECANISMO PERI

As qualidades exaltáveis que compõem tradicionalmente o perfil literário do Herói Pátrio ou Europeu deverão marcar, cultural, linguística e geograficamente, a construção ficcional do protagonista e redondezas apesar da sua espécie, nacionalidade ou propriedades topográficas.

Como usar o MECANISMO PERI

O que distingue convencionalmente o perfil heróico do Velho Mundo, herdeiro directo e a versão requintada de Aquiles ou Eneias, suplanta organicamente o realismo ou coerência factual da narrativa no que concerne à espécie, nacionalidade ou propriedades topográficas.

QUINETO

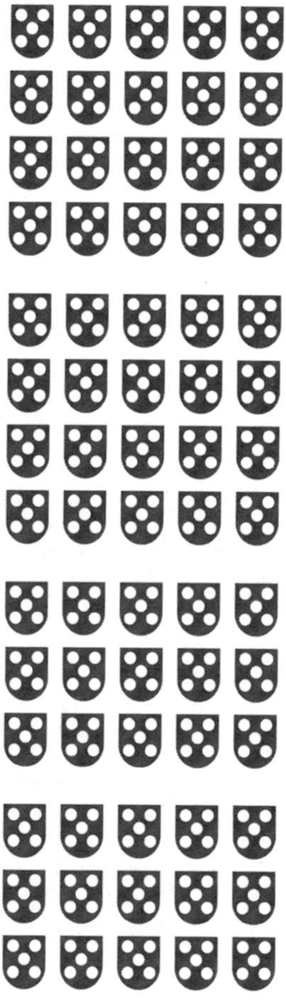

O que é o QUINETO

O QUINETO sobressai, entre outras digressões e diversões "literárias" menos aliciantes, pelo modo categórico com que faz coincidir, na mesma composição, um dos mais proeminentes e reconhecíveis símbolos nacionais, a Quina ou Escudete, e a forma tradicionalmente cultivada do soneto.

Como usar o QUINETO

A desafeição pela interdisciplinaridade de certa postura criadora poderá, a depender objectivamente do caso, ser compensada pelo valor simbolicamente histórico dos elementos que integram a própria criação.

PIDE

para as minhas e os meus avós

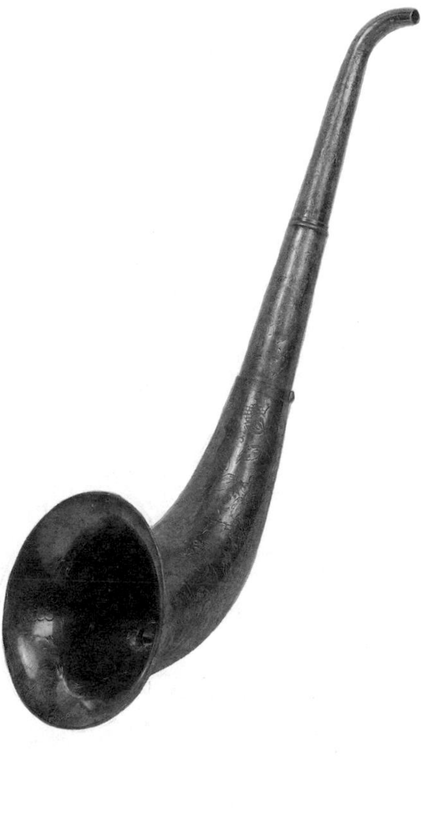

O *que é a* PIDE

Corneta ou trompeta acústica tubular feita invariavelmente de conchas, ferro, prata, chifres ou madeira.

Como usar a PIDE

1. Coloque a PIDE numa das orelhas.

2. A PIDE colectará muito rapidamente as ondas sonoras ao redor.

3. E levá-las-á em tempo real para dentro do ouvido.

CONSOLATIO ALBORUM

Chichico Alkmim, *Retrato de família*. 1910.
Instituto Moreira Salles/Divulgação.

O *que é a* CONSOLATIO ALBORUM

Conjunto de técnicas fotográficas e cinematográficas que, ditado pela exclusividade de quem conta e protagoniza a narrativa, favorece política e esteticamente, a partir do enquadramento, do corte ou das transições, a representação do corpo branco ou do corpo mais branco entre os corpos do quadro ou cena.

Como usar a CONSOLATIO ALBORUM

É tão-só natural que, com as devidas perdas e cessões, o fotógrafo ou o cineasta queira reproduzir visualmente as qualidades pelas quais a beleza se diz prazerosamente *bela*.

SANTO PROJÉCTIL

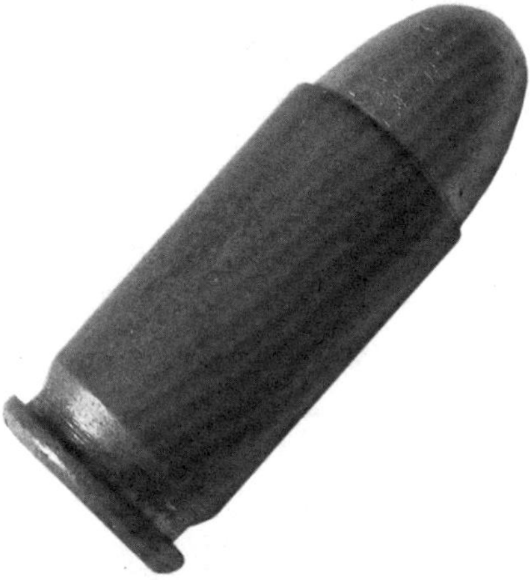

O *que é o* SANTO PROJÉCTIL

Réplica da munição que João Paulo II ofereceu a Fátima em 1984 para agradecer a Divina Providência de Nossa Senhora no atentado de 1981 e que foi, por decisão do santuário, posta na coroa da imagem de Nossa Senhora do Rosário de Fátima que habita, para veneração dos fiéis, a Capelinha das Aparições.

O projéctil encaixou, por deífico milagre, no único espaço vazio, formado pela união das oito hastes, da coroa de 1942* — que se expõe oito vezes por ano nos dias das aparições: 13 de Maio, 13 de Junho, 13 de Julho, 13 de Agosto, 13 de Setembro, 13 de Outubro, 15 de Agosto e 8 de Dezembro.

---

* Leitão & Irmão Joalheiros.

Como usar o SANTO PROJÉCTIL

De amuleto a adereço, o SANTO PROJÉCTIL serve de encómio à polivalência sobrenatural da Virgem Maria.

HITS DA CIVILIZAÇÃO

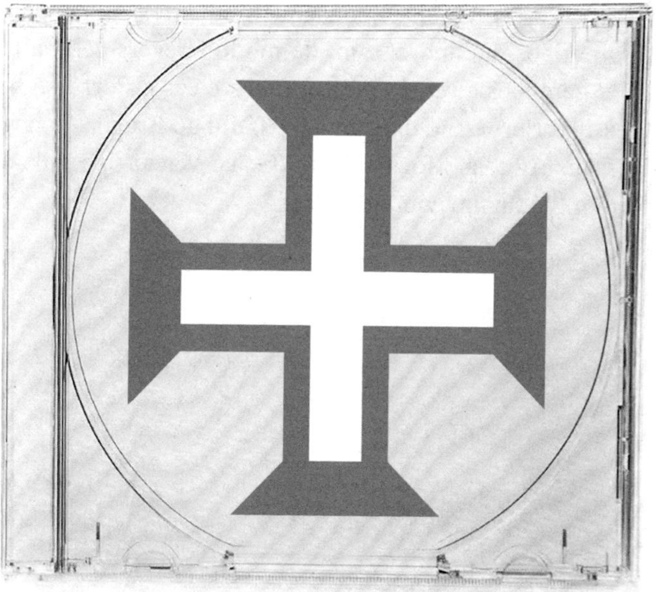

O que é HITS DA CIVILIZAÇÃO

Nacionalista, luso-tropicalista e neo-militarista, *HITS DA CIVILIZAÇÃO* compila doze faixas musicais. Entre elas, "A portuguesa" (1890) de Henrique Lopes de Mendonça e Alfredo Keil, "A marcha dos marinheiros" (1936) de Carlos Calderón, "Angola é nossa" (1961) de Duarte Ferreira Pestana, "Fado Moçambique" (1966) de Helena Tavares, "Fado Angola" (1973) de Fernando Farinha, "Glória do mundo" (1986) de Heróis do Mar ou "Conquistador" (1989) de Da Vinci; e, consequentemente, versos paradigmáticos que marcaram, de modo irreversível, múltiplas gerações e representaram, neste caso, Portugal no Festival Eurovisão da Canção: "Já fui ao Brasil/ Praia e Bissau/ Angola, Moçambique/ Goa e Macau/ Ai, fui até Timor/ Já fui um conquistador."*

* Da Vinci, "Conquistador". *Conquistador*. Discossete — LP-640. 1989.

Como usar HITS DA CIVILIZAÇÃO

1. Insira *HITS DA CIVILIZAÇÃO* no seu leitor CD-ROM.

2. Pressione PLAY.

3. Dance ao som das doze faixas supramencionadas.

kit |quíte|
(palavra inglesa)

nome masculino

1. Conjunto de ferramentas ou artigos para uma mesma função, utilidade ou actividade.

2. Embalagem que contém tudo o que é necessário para determinada acção ou actividade.

Plural: *kits*.

A 1ª versão d'*O Kit de Sobrevivência do Descobridor Português no Mundo Anticolonial* foi escrita em Los Angeles e publicada no final do ano de 2020 pelas Edições Macondo. Reúne 40 objetos imaginários.

A 2ª versão d'*O Kit de Sobrevivência do Descobridor Português no Mundo Anticolonial* foi escrita em Los Angeles e publicada durante o segundo semestre de 2022 pelas Edições Macondo. Reúne 45 objetos imaginários.

Esta 3ª versão, consideravelmente distinta e mais extensa do que as duas anteriores, foi escrita entre São Paulo, a Serra do Japi, Brasília, Goiânia e Juiz de Fora durante julho e agosto de 2024. Reúne 70 objetos imaginários (27 dos anteriores, todos, sem exceção, revisados e modificados + 43 inéditos).

Posfácio

Anna M. Klobucka

O lugar em que me encontro a (re)escrever estas breves palavras sobre o objeto artístico e político incomparável que é o *Kit* de Patrícia Lino situa-se aproximadamente a meio caminho entre Los Angeles, onde vive e trabalha a autora, professora da Universidade da Califórnia, e Portugal, o referente principal do seu livro. A primeira versão do *Kit*, e também deste texto, foi lançada no segundo semestre de 2020, época da pandemia global do coronavírus e da (então) novíssima edição das "guerras culturais", desencadeadas, naquela reposição, por atos concretos de violência racializada mas centradas em boa parte nos símbolos desta mesma violência enquanto processo histórico: o regime de supremacia branca, instaurado como condição e efeito da colonização europeia desde o século XV. Na Califórnia acabavam de tombar várias estátuas do padre franciscano Junípero Serra (1713-1784), evangelizador e exterminador das populações nativas da então colónia espanhola. Em Lisboa, entretanto, o monumento ao padre António Vieira, controverso e contestado desde a sua instalação, em 2017, devido à configuração patentemente colonialista do grupo (no qual o protagonista é rodeado por crianças indígenas), foi alvo de uma pichação, imediatamente denunciada como um ato de vandalismo sacrílego e condenável pela maior parte do comentariado nacional e por praticamente todos os setores políticos (incluindo o Partido Comunista Português). Como escreveu na altura o arqueólogo Rui Gomes Coelho, o debate revelou que a estátua do Padre Vieira se tinha tornado "o fetiche por excelência do consenso lusotropical" na esfera pública em Portugal, consenso este que promove "a visão edulcorada do colonialismo português" em implícita e não raro explícita resistência à cada vez mais intensa "mobilização política da comunidade afrodescendente em luta pelos seus direitos [...], à crescente diversidade social que vai marcando o nosso país, e às potenciais transformações políticas que essa diversidade galvaniza" (*Expresso*, 17 jun. 2020).

É justamente a fetichização patrimonial do passado colonizador de Portugal que *O Kit de Sobrevivência do Descobridor Português no Mundo Anticolonial* aborda como o seu tema e alvo. A autora, cuja vocação pedagógica se alia magistralmente, neste livro, ao seu ofício de poeta e artista visual, constrói um repertório de objetos/memes que é simultaneamente um exercício arqueológico e uma sátira brilhante à solidificação do consenso nacional (ainda) maioritário à volta da imagem higienizada e decorativa da herança colonial portuguesa. Embora esta herança tenha sido trabalhada e questionada numa variedade de fórmulas discursivas e géneros artísticos ao longo dos tempos, a intervenção do registo satírico ou humorístico neste repositório é uma ocorrência comparativamente rara, pelo menos em Portugal (já que no Brasil, desde o tributo à deglutição do Bispo Sardinha no *Manifesto Antropófago* de Oswald de Andrade, este registo tem frutificado em realizações múltiplas e variadas). Vale a pena lembrar, porém, que a primeira abordagem dos chamados

"Descobrimentos" no cânone da literatura portuguesa ocorre precisamente em forma de comédia. Trata-se do *Auto da Índia*, farsa de Gil Vicente encenada em Almada em 1509, na qual o personagem do Marido, regressado da Índia com a frota comandada por Tristão da Cunha, resume desta forma espantosamente cáustica a empresa em que participou: "Fomos ao rio de Meca,/ pelejámos e roubámos".

A nau em que navegou o Marido chega a Lisboa, no final da peça, "bem carregada" de mercadorias, e este livro de Patrícia Lino apresenta-se igualmente como um catálogo de produtos, mostruário incomum que representa e desconstrói — de forma tão engenhosa quanto hilariante — os efeitos da fossilização e comodificação do legado imperial na consciência colectiva da sociedade portuguesa no pós-25 de Abril. Qual numa loja da cadeia A Vida Portuguesa, encontra-se aqui uma variedade enorme de "antigos, genuínos e deliciosos produtos de criação portuguesa" (para aproveitar o slogan que encabeça o site da empresa): brinquedos, jogos, livros, discos, ímans, velas, móveis, objetos de decoração e de consumo "típicos" (vide a "engenhinha", ou seja, "a versão colonial da Ginjinha"). Mas este hipermercado em papel, mordaz e convidativo (pois os seus produtos, lindamente desenhados pela autora, provocam irresistivelmente o desejo consumista que a sua anti-loja satiriza), não se deixa ficar pela superfície galhofeira da paródia. O arquivo que a invenção da autora mobiliza abrange também, por exemplo, a *Arte de Ser Português* de Teixeira de Pascoaes (que inspira as excelentes "Notas sobre a grandeza de Portugal que não fazem sentido a não ser para os portugueses") e os discursos e entrevistas de Cavaco Silva, o ex-primeiro ministro (1985-95) e presidente (2006-16) da República Portuguesa. E há neste conjunto artefactos que só por si facilmente davam para orientar uma aula inteira de cultura portuguesa, como a compilação musical dos "Hits da Civilização" que abre com a "A portuguesa" (1890) de Henrique Lopes de Mendonça e Alfredo Keil, hino nacional de Portugal desde 1911, e fecha com "Conquistador" (1989) da banda pop rock Da Vinci, canção que representou Portugal no Festival da Eurovisão da Canção com estes "versos paradigmáticos": "Já fui ao Brasil/ Praia e Bissau/ Angola, Moçambique/ Goa e Macau/ Ai, fui até Timor/ Já fui um conquistador". Ou a conjugação do íman "Casinha Portuguesa" (que evoca a "Trilogia Doméstica Nacional: Deus, Pátria, Família" representada, também paradigmaticamente, pelo mais notório dos cartazes pedagógicos produzidos em 1938 pelo Estado Novo sob o mote "A Lição de Salazar") com o "Enxovalzinho do Menino Jesus", introduzido pela epígrafe de um discurso do ditador português sobre o "trabalho da mulher fora do lar" (*spoiler alert*: mulher trabalhando fora do lar é mau).

A destreza da autora na construção de significados poeticamente densos e politicamente plurivalentes é um dos grandes valores deste livro. Outro valor que se impõe é o seu olhar agudo de uma estrangeirada profundamente portuguesa ou portuguesa profundamente estrangeirada, conforme quiserem. Como uma estrangeira estrangeirada que, tal como Patrícia Lino, ganha a vida ensinando a língua e cultura portuguesas a estudantes do ensino superior (estrangeiros, pois claro), simpatizo intensamente com a sua visão. Mas penso que haverá diversas outras razões para se gostar deste *Kit* multiuso que ensina divertindo e diverte ensinando. Vai uma pastilha DescobriMentos enquanto acendemos as CaraVelas?

Copyright © 2024 Patrícia Lino

Todos os direitos reservados. Nenhuma parte desta obra pode ser reproduzida, arquivada ou transmitida de nenhuma forma ou por nenhum meio sem a permissão expressa e por escrito da Editora Fósforo.

DIREÇÃO EDITORIAL Fernanda Diamant e Rita Mattar
COORDENAÇÃO DA COLEÇÃO E EDIÇÃO Tarso de Melo
COORDENAÇÃO EDITORIAL Juliana de A. Rodrigues
ASSISTENTE EDITORIAL Rodrigo Sampaio
REVISÃO Eduardo Russo
DIRETORA DE ARTE Julia Monteiro
PROJETO GRÁFICO Alles Blau
EDITORAÇÃO ELETRÔNICA Página Viva

Dados Internacionais de Catalogação na Publicação (CIP)
(Câmara Brasileira do Livro, SP, Brasil)

Lino, Patrícia
  O Kit de Sobrevivência do Descobridor Português no Mundo Anticolonial : Consideravelmente Revisado e Devidamente Ampliado / Patrícia Lino. — 3. ed. — São Paulo : Círculo de Poemas, 2024.

  ISBN: 978-65-6139-013-2

  1. Colonização — História 2. Poesia portuguesa 3. Navegação — História 4. Portugal — Colônias — História I. Título.

24-225466   CDD — 869.4

Índice para catálogo sistemático:
1. Poesia : Literatura portuguesa   869.4

Eliane de Freitas Leite — Bibliotecária — CRB-8/8415

circulodepoemas.com.br
fosforoeditora.com.br

Editora Fósforo
Rua 24 de Maio, 270/276, 10º andar
01041-001 — São Paulo/SP — Brasil

A marca FSC® é a garantia de que a madeira utilizada na fabricação do papel deste livro provém de florestas gerenciadas de maneira ambientalmente correta, socialmente justa e economicamente viável e de outras fontes de origem controlada.

CÍRCULO DE POEMAS

LIVROS

1. **Dia garimpo.** Julieta Barbara.
2. **Poemas reunidos.** Miriam Alves.
3. **Dança para cavalos.** Ana Estaregui.
4. **História(s) do cinema.** Jean-Luc Godard (trad. Zéfere).
5. **A água é uma máquina do tempo.** Aline Motta.
6. **Ondula, savana branca.** Ruy Duarte de Carvalho.
7. **rio pequeno.** floresta.
8. **Poema de amor pós-colonial.** Natalie Diaz (trad. Rubens Akira Kuana).
9. **Labor de sondar [1977-2022].** Lu Menezes.
10. **O fato e a coisa.** Torquato Neto.
11. **Garotas em tempos suspensos.** Tamara Kamenszain (trad. Paloma Vidal).
12. **A previsão do tempo para navios.** Rob Packer.
13. **PRETOVÍRGULA.** Lucas Litrento.
14. **A morte também aprecia o jazz.** Edimilson de Almeida Pereira.
15. **Holograma.** Mariana Godoy.
16. **A tradição.** Jericho Brown (trad. Stephanie Borges).
17. **Sequências.** Júlio Castañon Guimarães.
18. **Uma volta pela lagoa.** Juliana Krapp.
19. **Tradução da estrada.** Laura Wittner (trad. Estela Rosa e Luciana di Leone).
20. **Paterson.** William Carlos Williams (trad. Ricardo Rizzo).
21. **Poesia reunida.** Donizete Galvão.
22. **Ellis Island.** Georges Perec (trad. Vinícius Carneiro e Mathilde Moaty).
23. **A costureira descuidada.** Tjawangwa Dema (trad. floresta).
24. **Abrir a boca da cobra.** Sofia Mariutti.
25. **Poesia 1969-2021.** Duda Machado.
26. **Cantos à beira-mar e outros poemas.** Maria Firmina dos Reis.
27. **Poema do desaparecimento.** Laura Liuzzi.
28. **Cancioneiro geral [1962-2023].** José Carlos Capinan.
29. **Geografia íntima do deserto.** Micheliny Verunschk.
30. **Quadril & Queda.** Bianca Gonçalves.
31. **A água veio do Sol, disse o breu.** Marcelo Ariel.
32. **Poemas em coletânea.** Jon Fosse (trad. Leonardo Pinto Silva).
33. **Destinatário desconhecido.** Hans Magnus Enzensberger (trad. Daniel Arelli).
34. **O dia.** Mailson Furtado.

PLAQUETES

1. **Macala.** Luciany Aparecida.
2. **As três Marias no túmulo de Jan Van Eyck.** Marcelo Ariel.
3. **Brincadeira de correr.** Marcella Faria.
4. **Robert Cornelius, fabricante de lâmpadas, vê alguém.** Carlos Augusto Lima.
5. **Diquixi.** Edimilson de Almeida Pereira.
6. **Goya, a linha de sutura.** Vilma Arêas.
7. **Rastros.** Prisca Agustoni.
8. **A viva.** Marcos Siscar.
9. **O pai do artista.** Daniel Arelli.
10. **A vida dos espectros.** Franklin Alves Dassie.
11. **Grumixamas e jaboticabas.** Viviane Nogueira.
12. **Rir até os ossos.** Eduardo Jorge.
13. **São Sebastião das Três Orelhas.** Fabrício Corsaletti.
14. **Takimadalar, as ilhas invisíveis.** Socorro Acioli.
15. **Braxília não-lugar.** Nicolas Behr.
16. **Brasil, uma trégua.** Regina Azevedo.
17. **O mapa de casa.** Jorge Augusto.
18. **Era uma vez no Atlântico Norte.** Cesare Rodrigues.
19. **De uma a outra ilha.** Ana Martins Marques.
20. **O mapa do céu na terra.** Carla Miguelote.
21. **A ilha das afeições.** Patrícia Lino.
22. **Sal de fruta.** Bruna Beber.
23. **Arô Boboi!** Miriam Alves.
24. **Vida e obra.** Vinicius Calderoni.
25. **Mistura adúltera de tudo.** Renan Nuernberger.
26. **Cardumes de borboletas: quatro poetas brasileiras.** Ana Rüsche e Lubi Prates (orgs.).
27. **A superfície dos dias.** Luiza Leite.
28. **cova profunda é a boca das mulheres estranhas.** Mar Becker.
29. **Ranho e sanha.** Guilherme Gontijo Flores.
30. **Palavra nenhuma.** Lilian Sais.
31. **blue dream.** Sabrinna Alento Mourão.
32. **E depois também.** João Bandeira.
33. **Soneto, a exceção à regra.** André Capilé e Paulo Henriques Britto.
34. **Inferninho.** Natasha Felix.

Que tal apoiar o Círculo e receber poesia em casa?

O que é o Círculo de Poemas? É uma coleção que nasceu da parceria entre as editoras Fósforo e Luna Parque e de um desejo compartilhado de contribuir para a circulação de publicações de poesia, com um catálogo diverso e variado, que inclui clássicos modernos inéditos no Brasil, resgates e obras reunidas de grandes poetas, novas vozes da poesia nacional e estrangeira e poemas escritos especialmente para a coleção — as charmosas plaquetes. A partir de 2024, as plaquetes passam também a receber textos em outros formatos, como ensaios e entrevistas, a fim de ampliar a coleção com informações e reflexões importantes sobre a poesia.

Como funciona? Para viabilizar a empreitada, o Círculo optou pelo modelo de clube de assinaturas, que funciona como uma pré-venda continuada: ao se tornarem assinantes, os leitores recebem em casa (com antecedência de um mês em relação às livrarias) um livro e uma plaquete e ajudam a manter viva uma coleção pensada com muito carinho.

Para quem gosta de poesia, ou quer começar a ler mais, é um ótimo caminho. E para quem conhece alguém que goste, uma assinatura é um belo presente.

**CÍRCULO
DE POEMAS**

Este livro foi composto em GT Alpina e GT Flexa e impresso pela gráfica Ipsis em setembro de 2024. A coincidência exímia entre a forma e a seriedade do conteúdo farão do verso um objecto de disputada apreciação.